로미오와 줄리엣

Romeo and Juliet

로미오와 줄리엣

윌리엄 셰익스피어 지음 | 한우리 옮김

더클래식

차례

| 등장인물 |

해설자
에스칼루스_베로나의 영주
머큐쇼_영주의 친척, 로미오의 친구
벤볼리오_몬태규의 조카, 로미오의 친구
패리스 백작_젊은 법관, 영주의 친척
몬태규_몬태규 집안의 가장
몬태규의 부인
캐풀럿_캐풀럿 집안의 가장
캐풀럿의 부인
줄리엣_캐풀럿의 딸
로미오_몬태규의 아들
밸더자_로미오의 하인
로렌스 신부

존 신부
유모
티볼트_캐플릿 부인의 조카
악사들
피터_유모의 하인
그레고리_캐플릿의 하인
샘슨_캐플릿의 하인
에이브럼_몬태규의 하인
관리
약방 영감
베로나의 시민들
페이지

*장소: 베로나, 만토바

제1막

프롤로그

(해설자 등장)

해설자 이름과 명망 있는 두 집안이
이 아름다운 도시 베로나를 무대삼아
해묵은 원한을 빌미로 틈만 나면 싸움을 벌여
이웃의 손과 손에 피를 묻힙니다.
이 숙명적인 원수의 집안에서
한 쌍의 불행한 연인이 태어나,
이 가엾고 불쌍한 죽음에 이르니
이로써 두 집안의 다툼도 끝이 납니다.

죽음으로 끝맺는 사랑의 이야기,
그리고 자식들이 죽고 나서야 풀어진
부모들의 분노가
앞으로 두 시간 동안 무대에서 펼쳐집니다.
여러분이 참고 들어 주신다면
부족한 점은 후일에 채우겠습니다.

(퇴장)

1장

베로나 광장

(캐풀럿 가문의 샘슨과 그레고리가 칼과 방패를 들고 등장)

샘슨 그레고리, 정말 더 이상은 못 참겠어.

그레고리 더 이상 참으면 안 되지. 대신 석탄이나 운반할까?

샘슨 내 말은 수틀리면 칼을 뽑겠다는 말이야.

그레고리 어이, 목숨이 붙어 있는 동안에 모가지를 잘 보존하라고.

샘슨 이래 보여도 내가 화나면 한칼에 해치운

다고.

그레고리 자네는 화가 잘 안 나잖아.

샘슨 몬태규 집안이라면, 개새끼만 봐도 화가 나.

그레고리 화가 나면 법석을 떨고, 용감하면 버티는 법. 너 같은 놈은 화가 났다 하면 나 살려라 하고 도망칠걸.

샘슨 그 집안의 개새끼들을 만나면 버티고 싸운다니까. 그 집안이면 사내고 계집이고 할 거 없이 만나면 몰아세우고 나는 벽 쪽으로 갈 테니 두고 봐.

그레고리 그게 바로 네가 허약한 종놈이란 거야. 제일 허약한 놈들이 벽 쪽에 붙지.

샘슨 그건 그래. 그래서 허약한 여자들이 늘 담벼락으로 밀려나는구먼. 그럼 몬태규 집안의 사내들은 담벼락에서 떼어 내고 여자들은 담벼락으로 바싹 붙여야겠군.

그레고리 주인들은 주인들끼리, 하인들은 하인들끼리 싸우는 거지.

샘슨 그게 그거야. 내가 얼마나 잔인한 놈인지 보여 주겠어. 싸움이 끝나면 내가 하녀들의 꼭지를 칠 테야.

그레고리 하녀들의 머리를?

샘슨 머리를 치든, 처녀막을 치든, 네 멋대로 생각해라.

그레고리 그렇다면 그 여자들은 아픈 맛을 톡톡히 보겠는데?

샘슨 내가 단단히 서 있는 동안 맛 좀 보겠지. 이래 보여도 내 건 꽤 튼실하다고.

그레고리 네가 생선이 아닌 게 다행이다. 생선이었다면 맛 간 대구였을 테니. 칼이나 뽑으시지. 저기 몬태규 놈들이 온다.

(몬태규 집안의 하인인 에이브럼과 밸더자 등장)

샘슨 자, 칼을 뽑았다. 싸우자! 내가 뒤를 봐 줄게.

그레고리 뭐야, 뒷구멍으로 달아나려고?

샘슨 내 걱정은 말고.

그레고리 흥, 내가 자네 걱정을 한다고?

샘슨 조용히 있다가 저쪽에서 시비 걸 때를 기다리자고. 그게 더 유리해.

그레고리 지나가면서 인상을 팍 써 주마. 어떻게 나오나 두고 보지.

샘슨 덤벼 보라지. 나는 엄지손가락을 깨물 테다. 그래도 모른 척한다면 그놈들이 망신이지.

에이브럼 우릴 보고 엄지를 깨문 거요?

샘슨 나는 내 엄지를 깨문 거요.

에이브럼 우릴 보고 엄재를 깨문 거 아니오?

샘슨 (그레고리에게) 그렇다고 하면 우리가 시비를 건 게 되나?

그레고리 (샘슨에게) 그렇지.

샘슨 아니요. 엄지를 깨물긴 했지만 그쪽을 보고 그런 건 아닌데.

그레고리 지금 시비 거는 거요?

에이브럼 시비라니? 아니. 천만에.

샘슨 싸울 마음이 있으면 해 보슈. 내가 상대해 줄 테니. 우리도 그쪽 못지않게 훌륭한 주인을 모시고 있다고.

에이브럼 흥! 우리 주인만 못하지.

샘슨 과연 그럴까?

(벤볼리오 등장)

그레고리 (샘슨에게) 더 훌륭하시다고 해. 저기 주인님의 친척분이 오시지 않나.

샘슨 우리 주인님이 더 훌륭하지. 훨씬 더 훌륭하시고말고.

에이브럼 거짓말.

샘슨 사내답게 칼을 뽑아라, 그레고리. 자네의 날쌘 솜씨 좀 보여 줘.

(그들이 싸운다)

벤볼리오 (칼을 뽑으며) 물러서라! 멍청한 놈

들 같으니라고.
칼을 집어넣지 못하겠느냐? 이렇게 생각 없이 굴다니!

(티볼트 등장)

티볼트 아니, 이 비겁한 놈이!
하인들 틈에 끼어 칼을 뽑아 들고 있다니?
어이, 벤볼리오, 너는 내가 상대해 주마. 아주 죽여 놓겠다!
벤볼리오 이봐, 난 싸움을 말리고 있던 것뿐이라고. 칼을 집어넣든지, 칼을 쓰려거든 나와 함께 싸움을 말리기 위해 써라.
티볼트 칼을 뽑아 들고 싸움을 말린다고?
몬태규 집안이라면 지옥만큼 싫고 네놈도 싫지만 그따위 말도 안 되는 개수작이 더 싫구나. 이 비겁한 놈아! 내 칼을 받아라.
(그들이 싸운다)

(관리와 함께 몽둥이와 창을 든 시민 서너 명 등장)

관리 몽둥이다! 도끼다! 창이다! 때려라! 때려 눕혀!

시민 캐풀럿이든 몬태규든 가리지 말고 박살 내라!

(가운을 걸친 늙은 캐풀럿이 부인과 함께 등장)

캐풀럿 이게 무슨 소리냐? 여봐라, 내 장검을 가져오너라.

캐풀럿 부인 지팡이! 지팡이를 짚으시는 분이 검은 뭐하시게요.

캐풀럿 내 검을 달라니까. 몬태규 영감이 나왔잖아. 저놈이 날 보고 칼을 휘두르다니.

(늙은 몬태규와 그의 부인 등장)

몬태규 캐풀럿, 이 악당아! 붙잡지 말고, 이거 놔요.

몬태규 부인 싸우실 거라면 한 발짝도 못 가십니다.

(베로나의 영주 에스칼루스 등장)

영주 이 평화를 어지럽히는 불온한 것들,
이웃끼리 피 묻은 칼을 휘두르는 이 흉악한 자들아. 내 말이 들리지 않느냐? 여봐라! 이 짐승 같은 자들! 핏속에 치솟는 붉은 샘물로 흉측한 분노의 불길을 끄려 하는구나.
영주가 내리는 고문이 두렵거든 당장 그 피 묻은 손에서 무기를 내려놓고 내 말을 들어라.
너희 몬태규와 캐풀럿의 사소한 말싸움이 소동으로 번진 것이 벌써 세 차례나 된다.
너희는 이 도시의 치안을 세 차례나 어지럽혔어.

그동안 베로나의 원로한 시민들이 점잖은 옷을 벗고 녹슨 창을 집어 들어 악에 받혀 날뛰는 너희를 말려 왔다.
앞으로 다시 한 번 이런 일이 일어났다가는 이 도시의 평화를 깨뜨린 죄목으로 너희는 목숨을 내놓아야 할 것이다.
이번만은 물러가거라.
자네 캐풀럿은 지금 나와 함께 가고, 몬태규 자네는 오후에 공개 법정에 출두하게.
이번 사건에 관해 대책을 논해 보세.
다시 말하지만, 목숨이 아깝거든 모두 물러가라.

(몬태규와 그의 아내, 벤볼리오를 제외하고 모두 퇴장)

몬태규 누가 이 해묵은 원한에 불을 붙인 것이냐?
말해 보아라, 벤볼리오. 너는 처음부터 그곳에 있었느냐?

벤볼리오 제가 갔을 땐 이미 캐퓰럿의 하인들과 숙부님의 하인들이 막 싸움을 시작하고 있었습니다.

제가 칼을 빼들고 싸움을 말리려 하는데, 갑자기 성미가 불같은 티볼트가 칼을 뽑아 들고 나타나 제게 막말을 퍼붓고는 머리 위 허공에 대고 칼을 휘둘렀습니다.

그 헛손질로 바람 소리가 쌩쌩 났지만 우리는 그를 비웃었습니다.

그렇게 치고받는 사이 사람들이 모여들고 떼를 지어 싸우게 되었지요. 그때 마침 영주님께서 오신 겁니다.

몬태규 부인 로미오는 어디에 있는가?

오늘 보았는가? 로미오가 싸움에 끼지 않아 정말 다행이다.

벤볼리오 숙모님, 오늘 아침, 거룩한 태양이 동녘의 금빛 창문으로 고개를 내밀기 한 시간 전, 마음이 산란했던 저는 마을 밖으로 산책을 나갔습니다.
그리고 그 이른 새벽에 로미오가 시가지 서쪽 무화과나무 숲을 거니는 것을 보았지요.
제가 다가가 아는 체를 하려 하니 로미오가 눈치채고 숲속으로 숨어 버렸습니다.
저 또한 혼자 있고 싶은 기분이었던지라 그의 기분을 이해했습니다.
마음이 괴로운 이는 인적 드문 곳에서 생각에 몰두하는 법이지요. 그래서 저는 그의 뒤를 쫓지 않고 기꺼이 모른 척해 주었습니다.

몬태규 요즘 로미오는 아침마다 그곳에 가는 듯하구나.
그 애는 요즘 신성한 아침 이슬에 눈물을 더하고 구름에 구름을 더하듯 한숨을 더하는 모양이다.
만물의 활기를 깨우는 태양이 솟아 새벽 침상의 검은 커튼을 젖히면 마음이 무거운 내 아들은 밝은 빛을 피해 집에 들어와 방 안에 처

박혀 창문을 닫고 환한 빛을 몰아내 밤을 꾸며 낸다지.

어떻게 해서든지 문제의 원인을 없애 줘야지, 그렇지 않다간 나쁜 일이 생기고 말 게다.

벤볼리오 숙부님은 그 원인을 아십니까?

몬태규 모르겠네. 로미오도 말하려 하지 않고.

벤볼리오 억지로라도 캐물어 보셨는지요?

몬태규 나도 물어보았고, 친구를 시켜 물어도 보았지. 그러나 그 애는 감정을 자신에게만 터놓을 뿐, 다른 이에겐 마음을 굳게 닫고 혼자서 비밀을 지키고 있다네.

그 속을 알 길이 없으니. 이건 마치 꽃봉오리가 향기로운 꽃잎을 대기 속에 활짝 펼치고 그 아름다운 자태를 뽐내기도 전에 심술궂은 해충에게 먹혀 버린 것과 같은 경우네.

로미오의 슬픔의 원인을 알 수만 있다면, 당장이라도 해결해 줄 텐데.

(로미오 등장)

벤볼리오 아, 마침 로미오가 오는군요.
잠시 자리를 비켜 주십시오. 거절당할지도 모르지만 제가 한번 고민의 원인이 무엇인지 알아보겠습니다.

몬태규 네가 여기서 그 애의 본심을 듣는 행운을 누린다면 오죽 좋겠느냐.
자, 여보. 우리는 물러납시다.

(몬태규와 그의 부인 퇴장)

벤볼리오 좋은 아침이네, 로미오.

로미오 아직도 아침인가?

벤볼리오 이제 겨우 아홉 시인걸.

로미오 내 마음이 무거우니 시간이 더디게 가는구나.
방금 급하게 나가신 분은 나의 아버지가 아니신가?

벤볼리오 그렇다네. 그런데 무슨 슬픔이

자네를 이렇게 우울하게 만드는 건가?

로미오 시간을 빨리 가게 할 무언가를 갖지 못해서 그렇다네.

벤볼리오 사랑에 빠졌구먼.

로미오 빠져나왔지.

벤볼리오 사랑에서?

로미오 내가 사랑하는 사람의 관심을 잃었다네.

벤볼리오 안됐네. 보기엔 그토록 달콤한 사랑도 알고 보면 거칠고 가혹한 법.

로미오 안됐지. 눈을 가리고 있어도 그놈의 사랑은 길을 잘도 찾아가거든. 아침은 어디에서 먹을까?

이런, 여기서 싸움이라도 벌어졌나?

말하지 않아도 좋네. 나도 다 알고 있으니.

이것은 증오로 일어난 소동이지만 사랑과도 관계가 있지.

그러나 어째서, 증오하는 사랑이여, 사랑스런 증오여, 무에서 나온 유, 무거운 가벼움이여,

진지한 허영이여, 겉치레는 근사하나 꼴사나운 혼돈이여, 납덩이같은 솜털, 투명한 연기, 차가운 불꽃, 병든 건강, 눈을 뜬 잠, 그것이며 그것이 아닌 것.

왜 나는 사랑하면서 사랑받지 못하는가?

우습지 않은가?

벤볼리오 아니, 차라리 울고 싶네.

로미오 울고 싶다니, 무엇 때문에?

벤볼리오 로미오의 그 착한 마음이 고통받고 있으니.

로미오 애정이 지나치군. 나 혼자만의 슬픔으로도 내 가슴은 이미 벅찬데 자네의 사랑까지 더해 나를 짓눌러야 되겠는가. 자네의 사랑은 나의 괴로움을 더해 줄 뿐이네. 사랑은 한숨으로 만들어진 연기라서, 그 연기가 걷히면 사랑은 연인의 눈동자에 반짝이는 불꽃이 되지.

그 연기가 자욱해지면 연인의 눈물로 가득 찬

바다가 되는 거라네.

그 밖에 무엇이 있겠는가. 신중한 광기, 숨 막히게 하는 쓰디쓴 독약, 생명을 기르는 감미로움이지.

잘 있게, 벤볼리오.

벤볼리오 잠깐, 같이 가게. 날 두고 간다니 너무하네.

로미오 나야말로 길을 잃었는걸. 나는 여기 없어. 여기 있는 건 로미오가 아니네.

로미오는 어디 다른 곳에 가 있다고.

벤볼리오 슬퍼만 말고 말해 보게. 누굴 사랑하고 있는 건가?

로미오 그럼 슬퍼하지 말고 신음 소리를 낼까?

벤볼리오 신음이라니? 그런 건 빼 버리고 누구인지 말해 보게.

로미오 죽을병에 걸려 유서를 쓰는 환자에게 신음 소리를 내지 말라고 하는 식이군. 아픈 사람에게 너무하구먼.

내가 사랑하는 사람은 한 여인이네.

벤볼리오 자네가 사랑에 빠졌다고 했을 때부터 그건 이미 알고 있었네.

로미오 과연 명사수로구먼.
내가 사랑하는 여인은 정말 아름답지.

벤볼리오 그토록 아름다운 과녁이면 맞추기가 더 쉽겠구먼.

로미오 이번엔 빗나갔네. 그 여인은 에로스의 화살로도 맞출 수가 없다네.
그녀는 다이애나의 재치를 가진 데다가 순결의 갑옷으로 무장해 에로스의 가냘픈 화살로는 끄덕도 하지 않는다네. 구애의 말로 포위해도 무너지지 않고, 맹렬하게 눈빛을 보내도 흔들리지 않으며, 성자도 유혹할 만한 황금에도 무릎을 열어 주려 하지 않네.
대단한 미모를 보물로 가진 여인이지만 결국은 가난해질 거야. 죽으면 그 보물도 사라질 테니 말이야.

벤볼리오 그 여자는 평생 순결을 지키겠다는 맹세라도 했다는 말인가?

로미오 그래. 그러한 아낌은 오히려 낭비가 아닌가.

아름다움을 그토록 가혹하게 아껴 두면 결국 자손들에겐 물려주지 못하게 될 테니. 그녀는 매우 아름답고 매우 영리하네. 그러나 그렇게 아름답고 영리한 여자가 나를 절망에 빠뜨리는 대가로 하늘의 축복을 받는다니.

그녀는 나를 사랑하지 않기로 하늘에 대고 맹세했다는데 그 맹세 때문에 지금 지껄이고 있는 나는 산송장과 다를 바가 없다네.

벤볼리오 내 말을 잘 들어 봐. 그런 여자는 잊어버리게.

로미오 그러려면 생각하는 법부터 잊어야 할 텐데.

어떻게 하면 그럴 수 있나? 알려 주게.

벤볼리오 자네의 눈에게 자유를 주어

다른 여인들의 미모를 살펴보게 하는 거지.

로미오 그건 그녀의 뛰어난 미모를 더욱 생각나게 할 뿐이야. 아름다운 여인들의 얼굴을 가리는 저 가면들은 가려 주기 때문에 우리로 하여금 그 가려진 미모를 더욱 생각하게 하는 것 아닌가.

자네가 내게 절세의 미인을 보여 준다고 해보세. 그런들 무슨 소용인가? 그 여인은 결국 그보다 뛰어난 여인을 일깨우는 역할을 할 뿐이야. 잘 가게. 자네는 내게 잊어버리는 방법을 가르쳐 주지는 못할 거야.

벤볼리오 그 말을 꼭 기억해 두지. 빚지고 죽지는 않을 테니까.

(모두 퇴장)

2장

길거리

(캐풀럿, 패리스 백작, 하인 등장)

캐풀럿 하지만 몬태규 백작도 나와 똑같은 벌을 받았소.
그리고 이제 우리 같은 늙은이들이 평화롭게 지내는 일은 그리 어렵지 않을 거요.

패리스 이름난 가문의 두 어른께서 이토록 오랫동안 화목하게 지내지 못했다니 안타깝습니다. 그건 그렇고, 제 청혼에 대해서는 어떻게 생각하십니까?

캐풀럿 이미 말했던 대로요. 우리 아이는 아직 세상 물정도 모르는 데다가 열네 살도 채 되지 않았으니, 여름의 꽃이 두 번은 더 시들어야 신붓감이 되었다 할 것이오.

패리스 더 어린 나이에 행복한 어머니가 되신 분도 있습니다.

캐풀럿 그토록 어린 나이에 어머니가 되면 일찍 늙는 법이오.

다른 자식은 모두 죽었으니 남은 것은 그 애뿐. 그 애만이 나의 뒤를 이을 유일한 희망이라오. 그러니 백작, 그 애에게 직접 구애해 보시오. 그 애가 선택한다면 나의 승낙은 들으나 마나 한 일이니, 그 애가 승낙해야지만 나도 찬성하고 기꺼이 승낙할 것이오.

오늘 밤 우리 집의 관례대로 연회가 열릴 예정이라오.

내가 아끼는 여러 친구를 초대했는데 백작께서도 귀한 손님으로 참석해 주신다면 연회가 더욱 빛나겠소.
보잘것없지만 오늘 밤 오셔서 컴컴한 하늘을 환하게 비출 아름다운 여인들을 만나 보시오. 잘 차려입은 4월이 절름거리는 겨울을 바짝 뒤쫓아 올 때 원기 왕성한 젊은이들이 기쁨을 느끼듯, 오늘 밤 우리 집에서 꽃봉오리 같은 처녀들 사이에서 그 같은 기쁨을 느끼게 될 것이오.
두루두루 보시고 들으신 후, 가장 으뜸가는 처녀에게 마음을 주시오. 잘 살펴보시면,
우리 딸이 그 가운데 들겠지만 머릿수를 채울 뿐 손에 꼽힐 정도는 아니겠지요.
자, 그럼 같이 갑시다. (하인에게 쪽지를 주며) 여봐라, 너는 서둘러 베로나 곳곳을 다니며 여기 이름이 적혀 있는 분들을 찾아뵙고, 우리 집에 와 주시길 바란다고 전해라.
(캐풀릿과 패리스 퇴장)
하인 여기 적힌 분들을 찾으라고요? 구두장이

는 줄자를, 양복장이는 구두 틀을, 낚시꾼은 붓을, 화가는 그물을 써야 한다고 적혀 있대도 내가 알 길이 있나. 여기 쓰인 사람들을 찾아가라는데 어느 댁 이름이 여기에 쓰여 있는지 알 길이 있나. 글을 아는 분께 가 봐야겠구먼. 옳지, 마침 잘됐다.

(벤볼리오와 로미오 등장)

벤볼리오 이보게. 불이 또 다른 불을 끄는 법이네.
새로운 고통은 이전의 아픔을 덜어 주기도 하니, 한쪽으로 돌다가 어지러울 땐 반대로 돌면 괜찮아지지 않던가. 극심한 슬픔도 다른 슬픔이 생기면 잊히는 법이네. 자네 눈에 새 눈병이 걸리면, 고약한 묵은 눈병은 사라질 게야.

로미오 그 병엔 질경이 잎이 특효지.

벤볼리오 어디에 특효라고?

로미오 무릎에 난 상처 말일세.

벤볼리오 로미오, 자네 정말 정신이 나갔구먼?

로미오 정신이 나간 것은 아니지만, 정신 나간 사람마냥 꽁꽁 묶여 있다네. 정신 병동에 갇혀 굶주리며 매질 당하고 고문 받고 있어. 아, 안녕하신가.

하인 안녕하세요, 나리. 혹시 글을 읽을 줄 아십니까?

로미오 읽을 수 있지.
비참한 내 신세의 앞날도 읽을 수 있고.

하인 그거야 책 없이도 아실 수 있겠지요. 하지만 제 말은, 눈앞에 보이는 글자를 읽으실 수 있는지 하는 말입니다.

로미오 그렇다네. 글자도 알고 말도 안다면.

하인 솔직하시군요. 그럼 안녕히 계십시오.

로미오 이봐, 기다리게. 읽을 수 있다네.

(편지를 읽는다)

"마티노 씨 부부와 따님들,
엔셈 백작과 아름다운 자매님들,
우트루비오 미망인,
폴라센쉬오 씨와 사랑스러운 조카분들,
머큐쇼와 발렌타인 형제,
캐풀럿 숙부님과 숙모님 그리고 나의 사촌들,
내 어여쁜 조카 로잘린과 리비아,
발렌쇼 씨와 사촌 티볼트,
루시오와 발랄한 헬레나."
선남선녀가 모두 모이는군.
어디에서 모이는가?

하인 집에서 모이지요.

로미오 어느 집에서?

하인 저희 집이지요.

로미오 누구네 댁인가?

하인 주인님 댁입니다.

로미오 그래, 진작 그걸 물을걸 그랬구나.

하인 이제 묻지 않으셔도 말씀드리지요. 저희

주인님은 베로나의 갑부 캐풀렛 나리십니다. 몬태규 집안의 자제분만 아니라면 부디 오셔서 포도주 한잔하고 가시지요.

그럼, 안녕히 계세요.

(하인 퇴장)

벤볼리오 캐풀렛 집안이라면 자네가 그토록 연모하는 로잘린이 베로나의 미녀들과 함께 만찬을 들겠네.

그리로 가지. 거기에서 맑은 눈으로 그녀의 얼굴과 내가 보여 줄 미녀들의 얼굴을 비교해 보는 거야. 자네가 백조라 여긴 것이 까마귀로 보일 테니.

로미오 믿음이 깊은 나의 눈에 그런 거짓이 깃든다면, 내 눈물은 불꽃으로 변할 걸세.

여러 번 눈물의 강에 빠지면서도 익사하지 않은 이 눈을, 거짓된 이단자로 몰아 화형해도 좋네.

내 사랑보다 더 아름다운 여인이라니. 만물을

보는 태양도 천지개벽 이래로 그만큼 아름다운 미인을 본 적이 없었을 거야.

벤볼리오 흥! 자네는 그녀를 미인으로 여기지만 그건 자네가 다른 여인과 그녀를 저울로 달아보지 않았기 때문이네. 하지만 오늘 밤엔 저울의 한쪽에 그녀를 얹고, 다른 쪽엔 내가 보여 줄 미녀를 얹어 보게. 지금은 천사 같은 그녀도 별것 아닐 테니.

로미오 함께 가기로 하지.

하지만 그런 미인들을 보기 위해서가 아니라, 내 연인의 아름다움을 즐기기 위해서라네.

(모두 퇴장)

3장

캐풀럿의 집 어느 방

(캐풀럿 부인과 유모 등장)

캐풀럿 부인　유모, 줄리엣은 어디에 있지? 좀 불러 주게.

유모　제 열두 살 적 처녀성을 담보로 말씀드리죠. 아가씨께 이미 오시라 말씀드렸어요.
어린양 같은 우리 아가씨! 천방지축 아가씨!
아이고, 나 좀 봐!
이 아가씨는 대체 어디에 계시는 거야? 줄리엣 아가씨!

(줄리엣 등장)

줄리엣 무슨 일이에요? 누가 부르시나요?

유모 마님이요.

줄리엣 어머니, 저 왔어요.
무슨 일이세요?

캐풀럿 부인 무슨 일이냐면……. 유모는 잠깐 나가 있게.
우리끼리 할 이야기가 있네. 아니야, 유모. 그냥 있게. 생각해 보니 유모도 우리 이야기를 들어야 할 것 같으니.
유모도 알다시피 우리 줄리엣도 이제 어엿한 숙녀가 되질 않았나.

유모 아가씨 나이라면, 시간까지도 맞출 수 있지요.

캐풀럿 부인 아직 만 열네 살이 안됐지.

유모 제 이빨 열네 개를 걸고 맹세하지요.
네 개밖에 안 남았지만 열 개가 더 있다 치

고요.

열넷은 아직 안되셨지요. 추수제까지 얼마나 남았더라.

캐풀렛 부인 2주 하도고 며칠이 더 남았지.

유모 며칠인지는 몰라도 추수제 전날 밤이 되어야 아가씨는 열네 살이 되시지요. 제 딸년인 수잔과 아가씨는 — 하느님, 보우하사! — 동갑이었지요. 비록 수잔은 지금 하느님의 곁에 있지만, 그 애는 과분한 딸이었지요.

어쨌든 추수제 전날 밤이 되면 아가씨는 열네 살이 되실 거예요. 제가 똑똑히 기억하고 있지요.

지진이 일어난 게 11년 전이니까요. 그때 아가씨가 젖을 떼셨지요.

1년 열두 달을 통틀어 그날은 못 잊지요. 그날 전 젖꼭지에 쑥즙을 바르고 비둘기집 담 아래 양지바른 곳에서 햇볕을 쬐고 있었지요. 나리하고 마님은 만토바로 외출 중이셨고요.

어쨌든 쑥즙이 묻은 젖의 맛이 썼던지, 아가씨가 오만상을 하고 짜증을 내며 젖꼭지를 떼밀고 흔들지 뭐예요! 그래, 지진 때문에 비둘기집이 다 흔들렸답니다. 그래서 도망가란 말을 들을 것도 없이 빠져나왔지요.
그 후로 벌써 11년이 지났어요.
그때 아가씨는 혼자 서 있기도 하고, 아장아장 걷고, 뒤뚱뒤뚱 뛰어다니셨죠. 맞아요.
그 전날에 아가씨가 이마를 다치셨거든요.
그때 우리 영감이 — 하느님, 보우하사! 참 재미있는 양반이었는데 — 어쨌든 우리 영감이 아가씨를 번쩍 안아 들었지요. 그러고는 "앞으로 넘어지셨지요, 아가씨? 철들면 뒤로 벌렁 넘어지실 거지요. 그렇죠, 줄리엣 아가씨?"
그랬더니 우리 아가씨가 울음을 딱 그치고는 "응!"이라고 대답을 하지 않겠어요. 농담이 이제 진담이 될 모양이니.
마님, 제가 장담하는데 앞으로 천년이 지나도

저는 잊지 못할 거예요. "그렇죠, 줄리엣 아가씨?" 하니까 우리 아가씨가 울다 말고 "응!"이라고 하더라니까요.

캐풀렛 부인 부탁이니, 유모, 제발 그만 입 좀 다물게.

유모 예, 마님. 그런데 웃음이 나오니 어쩔 수 없어요.

울음을 뚝 그치고 그러겠다고 하다니요. 제가 아는데 이마에 병아리 방울만 한 혹이 났을 거예요. 심하게 넘어졌거든요. 서럽게 울었어요. 우리 영감이 "앞으로 넘어지셨지요, 아가씨? 철들면 뒤로 벌렁 넘어지실 거지요. 그렇죠, 줄리엣 아가씨?" 했더니 울음을 뚝 그치고 그리하겠다 했으니 얼마나 우스워요?

줄리엣 유모, 제발 그만해.

유모 알았어요. 그만할게요. 하느님이 아가씨를 보살피실 거예요. 이 유모는 아가씨만큼 예쁜 아기를 보살핀 적이 없답니다. 이제 죽기 전에 아가씨가 결혼하는 것만 본다면 소원이 없겠어요.

캐풀럿 부인 결혼, '결혼'이 바로 내가 막 말하려던 거라네. 줄리엣, 너는 결혼에 대해 어떻게 생각하느냐?

줄리엣 꿈에도 생각지 못한 영광이지요.

유모 영광이라! 아가씨의 유모가 나 혼자라 좀 민망하지만, 제 젖을 먹고 자라 그런 재치 있는 말씀도 잘하시네요.

캐풀럿 부인 그렇다면 이제 생각해 보거라.
이 베로나에는 너보다 어리지만 벌써 어머니가 된 양갓집의 규수들도 많단다. 너는 아직 처녀지만, 내가 네 나이 땐 벌써 아기를 낳았단다. 그러니까 간단히 말하마.
그 용감하기로 유명하신 패리스 백작이 너를 아내로 삼고 싶어 하신단다.

유모 그분은, 아가씨! 아가씨, 그분은
세상에, 그분은 신사의 모범이세요.

캐풀렛 부인 여름날의 베로나에도 그분 같은 꽃은 없단다.

유모 아니, 그분이 꽃이지요. 진정한 꽃이세요.

캐풀렛 부인 그래, 네 생각은 어떠니? 그분을 사랑할 수 있겠니? 오늘 저녁 만찬에서 그분을 뵐 수 있을 거다.

젊은 패리스 백작의 얼굴을 책 읽듯 꼼꼼히 살펴보아라. 아름다운 펜 끝이 그려 놓은 기쁨을 발견해 보렴.

얼굴 생김이 조화롭고 어우러져 있으니. 아름다운 얼굴의 이면을 알고 싶으면 책 속의 여백과 같은 사람의 눈을 잘 살펴보아라. 아직 제본되지 않은, 이 귀중한 사랑의 책에 표지만 붙이면 아름다운 책이 완성될 게다.

바다도 물고기가 살아야 좋듯 눈에 보이는 아름다움은 눈에 보이지 않는 미를 갖춰야 자랑스러운 법이지. 많은 영광을 받는 책이란 황금빛 표지 안에 황금의 내용을 갖춘 것이란다.

너도 그분의 아내가 되면 그분의 칭송이 모두 네 것이 될 게야. 네가 줄어들 것은 아무것도 없단다.

유모 줄어들기는커녕 외려 불어나지요.

여자는 남자로 인해 커진답니다.

캐플럿 부인 한마디만 해 보렴. 어떠냐?

패리스 백작이 마음에 들 것 같니?

줄리엣 마음에 드는 점이 보인다면, 그리할게요. 하지만 어머니가 허락하시는 범위 안에서만요. 그 이상은 시선을 보내지 않겠어요.

(하인 등장)

하인 마님, 손님들이 오셨습니다. 음식도 다 준비되었고, 주인 나리께서 마님을 찾으십니다. 아가씨를 찾으시는 분도 계시고요. 주방에선 유모를 흉보고, 온통 야단법석입니다. 저는 가서 시중을 들어야 하니 부디 서둘러 나오십시오.

캐풀럿 부인 뒤따라가겠네. 줄리엣,

(하인 퇴장)

백작님께서 기다리신다.

유모 어서 가세요, 아가씨. 즐거운 낮에 이어 즐거운 밤을 맞이하세요.

(모두 퇴장)

4장

길거리

(로미오와 머큐쇼, 벤볼리오, 가면을 쓴 대여섯 명, 횃불을 든 사람, 그 밖의 다른 사람들 등장)

로미오 어때, 불청객이니 양해를 구하고 들어갈까, 아니라면 그냥 들어갈까.

벤볼리오 요새는 그렇게 장황하게 변명하는 게 통하지 않네.
큐피드의 분장으로 눈을 가리고
알록달록한 타타르인 장난감 활로
허수아비처럼 아가씨들을 놀라게 할 필요도

없고 말이야.
삼류 배우가 남이 읽어 주는 대사를 읊으려는 시도도 집어치우세.
남들 생각하지 말고 춤이나 한바탕 추고 나오면 그만이야.

로미오 내게 횃불이나 주게. 도무지 춤출 기분이 아니야.
마음이 침울하니 횃불이나 밝히겠어.

머큐쇼 아니야, 로미오, 자네는 춤을 춰야 해.

로미오 난 싫다네. 정말이야. 자넨 바닥이 가벼운 무도화를 신고 있지만 내 마음은 바닥이 납덩이로 된 신을 신고 있어 꼼짝도 할 수 없다네.

머큐쇼 자네는 사랑에 빠졌구먼.
큐피드의 날개라도 빌려 높이 날아 보지 그러나.

로미오 큐피드의 화살이 너무 깊이 박혀 그런 가벼운 깃털로는 날 수가 없네.

고통의 사슬에 묶여 있으니 이 슬픔을 뛰어 넘을 수도 없고, 이 무게에 깔려 가라앉을 뿐이네.

머큐쇼 자네가 그 짐에 깔려 가라앉는다면 그 사랑은 너무 벅찬 짐이네.

로미오 사랑이 부드러운 것이라고? 거칠기만 하네. 너무 혹독하고, 난폭해서 가시처럼 사람을 찌른다네.

머큐쇼 사랑이 자네를 거칠게 대한다면, 자네도 거칠게 굴게. 사랑이 자네를 찌르면, 자네도 찔러 사랑을 쓰러뜨리게.

얼굴을 가리게 가면을 줘. 못생긴 얼굴에 못생긴 가면이라. 내 못생긴 얼굴을 보겠다면 실컷 보라지. 여기 눈썹이 튀어나온 가면이 대신 수줍어해 줄 테니.

벤볼리오 자, 어서 문에 노크를 하고 들어가세. 그리고 모두 춤을 춰야 돼.

로미오 횃불이나 달라니까. 마음이 들뜬 놈들

이나 무도회장에 깔린 돗자리에 발뒤꿈치를 비벼 대라고. 나는 불이나 들고 지켜보겠네. 왜냐고 물으면 옛 속담으로 대답해 주마. 노름판이 별로라면 그만두고 가만히 있어야지.

머큐쇼 가만히 있는 건 잠복형사들이나 하는 거고, 자네가 구덩이에 빠져 있다면 우리가 끌어내 주지.

구덩이가 아니라 사랑에 빠져 있는 것이라도. 귀밑까지 빠져 있으니 끌어 올려 줘야지. 가자고! 시간만 타들어 가네, 어서!

로미오 시간은 타지 않네.

머큐쇼 내 말은, 이렇게 늑장 부리는 건

밝은 날에 켜 놓은 횃불처럼 헛되이 낭비된다는 거야. 좋게 좋게 받아들이라고. 그게 한 가지 판단보다 다섯 곱절 더 현명한 판단이지.

로미오 무도회에 가는 건 선의에 따른 거지만 아무래도 가지 않는 게 더 현명할 듯하네.

머큐쇼 어째서 그런가?

로미오 어젯밤에 꿈을 꾸었거든.

머큐쇼 나도 꾸었어.

로미오 어떤 꿈이었나?

머큐쇼 꿈꾸는 사람들은 거짓말을 잘한다는 꿈.

로미오 자면서 꾸는 꿈이 진실일 수도 있다네.

머큐쇼 그럼 자네는 꿈속에서 맵 여왕과 함께 했던 거로구먼.

시의원 나리 손가락에서 반짝이는 저 마노 보석보다 더 작은 맵 여왕은 난쟁이들이 끄는 수레를 타고 잠든 사람들의 콧잔등을 지나간다네. 수레바퀴는 거미의 긴 다리로 만들어졌고, 덮개는 메뚜기 날개, 고삐는 가느다란 거미줄, 목 굴레는 물기 어린 달빛, 채찍의 손잡이는 귀뚜라미 뼈, 채찍은 엷은 막, 마부는 잿빛 옷을 입은 파리인데 게으른 처녀의 손가락에서 나온 벌레의 절반도 안 되는 크기이고, 수레는 개암열매 빈 껍질로 다람쥐나 좀벌레가 만들어 준 것이라네.

여왕은 이처럼 화려한 모습으로 밤이면 밤마다 수레를 몰고 나들이를 나가는데, 그녀가 사랑하는 이의 머릿속을 지나가면 그 사람은 사랑하는 꿈을 꾸고, 관리의 무릎 위를 지나가면 넙죽 절을 하는 꿈을 꾸고, 법률가의 손가락을 지나가면 당장 수임료를 받는 꿈을 꾸지.
숙녀들의 입술 위를 지나가면 당장에 입 맞추는 꿈을 꾸는데 그 숨결에 사탕 냄새가 나면 여왕은 화를 내며 입술에 물집을 내려 준다네.
이따금 여왕이 관리의 콧잔등 위를 달리는데, 그러면 관리는 꿈속에서 뇌물을 들고 와 청을 넣는 사람들을 만나는 꿈을 꾼다더군.
때로는 여왕이 십일조로 받은 돼지꼬리를 들고 잠든 목사의 콧잔등을 간질이면, 목사는 수입이 늘어나는 꿈을 꾼다지. 여왕이 군인들의 목 위를 달리면, 군인들은 적의 목을 치고, 적군의 성벽이 무너지며, 매복하고, 스페인에서 온 보검을 손에 넣는 꿈, 넉넉한 술잔으로 건배하는 꿈을 꾸는데, 그러다가 우렁찬 나팔 소리가 들리면 벌떡 일어나 기도를 드리고는 다시 잠든다네.

여왕은 밤중에 말의 갈기를 땋거나 처녀의 머리카락을 뭉쳐 놓고는 하는데, 이게 풀리면 불행한 일이 일어난다는 거야.

반듯이 누워 자는 처녀들의 가슴 위를 짓눌러 답답해도 참도록 가르쳐 주어 좋은 아내가 될 수 있게 하는 것도 바로 이 여왕의 장난이라네. 이 여왕이…….

로미오 그만하게, 그만! 머큐쇼.
허황된 소리 좀 그만두라고.

머큐쇼 그건 그래. 이건 꿈에 대한 이야기니까.
모두 허황된 머릿속에서 나온 자식들이니
허황될 수밖에 없질 않는가.
꿈이란 바람과 같이 희박하며 변덕스럽다네.
북쪽의 얼어붙은 가슴을 녹이러 가다가, 홱

돌아서서 이슬이 내리는 남쪽으로 향하니 말이야.

벤볼리오 자네가 말하는 바람이 지금 우리를 날려 버리려 하는구먼. 만찬도 다 끝났을 테니, 우리가 너무 늦겠는걸.

로미오 너무 이른 것 같아 두렵구나.

별들이 미처 알리지 못한 무시무시한 운명이 오늘 밤의 흥겨운 연회를 계기로 힘을 발휘해 이 가슴속에 갇혀 있던 목숨의 시간을 만료시켜 때 이른 죽음이라는 형벌을 내리려 들지 않을까 염려되네. 그러나 나의 항로의 키를 잡고 계신 분, 신께서 나의 여정을 인도해 주시겠지.

가세, 씩씩한 나의 친구들이여.

벤볼리오 북을 울려라.

(모두 퇴장)

5장

캐풀럿의 집 연회장

(냅킨을 든 하인들 등장)

하인 1 포트팬은 어디 갔나. 접시 치우는 일도 도와주지 않고? 쟁반도 안 치우지고, 닦지도 않고.

하인 2 손님 접대를 한두 명이 해야 하는데, 손 씻을 시간도 없다니까. 정말 더러워서.

하인 1 의자는 접어 치우고, 찬장도 옮기고, 식기도 잘 봐. 부탁인데, 아몬드 과자 좀 남겨 줘. 그리고 하나 더 문지기한테 수잔 그라인

드스톤과 넬 좀 들여보내라고 해. 안소니와 포트팬도!

하인 2 아, 알겠어요.

하인 1 연회장에서 널 찾고, 부르고, 물어보고 난리야.

하인 3 한 번에 이곳저곳에 있을 수 있나. 자, 기운 내요. 잠시만 열심히 하자고요.

(퇴장)

(캐풀릿과 그의 아내, 줄리엣, 티볼트와 가면을 쓴 신사숙녀 손님들 등장)

캐풀릿 어서들 오시오, 젊은이들. 발가락이 부르트지 않은 숙녀들이라면 여러분과 춤을 출 것이오. 아, 우리 아가씨들, 여기서 춤을 추지 않겠다고 하실 분은 없으시겠지요? 얌전을 빼는 아가씨들은 발이 부르텄다고 여길 겁니다.

안 그래요? 신사분들, 이리들 오시오.
나에게도 가면을 쓰고 아름다운 아가씨들의 귓가에 달콤한 말들을 속삭이던 때가 있었지요. 다 아득하게 먼 옛날의 이야기긴 합니다만.
자, 어서 오시오. 젊은이들.
악사들은 음악을 연주하게.
자리를 넓히자고. 비키고 넓히게. 춤을 추세, 아가씨들!
(음악이 연주되고 춤이 시작된다)
불을 더 밝혀라, 이 녀석들아. 그 탁자는 치우고, 난로는 끄라고. 방이 너무 덥구나. 옳지. 기대했던 것보다 흥겨운 연회가 되었는걸. 자, 숙부님은 여기에 앉으세요.
여기. 저희는 춤출 나이가 지났지요.
어르신과 제가 마지막으로 가면을 쓴 게 언제였지요?
캐풀렛의 숙부 허허, 삼십 년은 되었다네.

캐풀럿 그렇게는 안 되었죠, 아니에요.

루세티오 결혼식 이후니까요. 세월이 빨라 오순절이 아무리 빨리 왔다 갔대도 이십오 년 정도 밖엔 안 되었어요. 우리는 오순절에 가면을 썼지요.

캐풀럿의 숙부 더 되지, 더 되었어. 루세티오 아들이 지금 그때 그놈 아버지보다 더 나이를 먹었다네. 그 아들이 서른인걸.

캐풀럿 설마! 그 아들이 이 년 전만 해도 아직 미성년이었는걸요.

로미오 (하인에게) 저기 저 기사와 손을 잡고 있는 저 숙녀분은 누구신가?

하인 모르겠습니다.

로미오 아, 저 여인은 횃불보다 더 밝게 빛나는구나. 마치 에티오피아 여인의 귀에 반짝이는 보석처럼 밤의 뺨에 달려 반짝이는 보석 같구나.

쓰이기에는 너무 귀하고 쓰이지 않기엔 너무

아깝다.

다른 여자들 속에 섞이니 까마귀 떼에 섞인 눈처럼 하얀 비둘기 같다.

저 여인이 서 있는 곳을 봐 두었다가 춤이 끝나면 손을 잡는 기쁨을 누려 보아야겠다. 내 가슴이 이제껏 사랑을 한 적이 있었던가? 아니라고 부정하여라. 내 눈이여!

나는 오늘 밤 비로소 진정한 아름다움을 보았으니!

티볼트 목소리를 들어 보니 몬태규 집안의 놈이 틀림없어.

내 칼을 가져오너라. 저 망할 놈이 감히 가면을 쓰고 여길 와서 우리 집 잔치를 조롱해?

가문의 명예를 걸고 저 놈을 반드시 죽여 놓겠다.

캐풀렛 아니, 티볼트. 어째서 그렇게 화가 났느냐?

티볼트 숙부님, 저놈은 우리의 원수인 몬태규

네 자식입니다.
오늘 밤 우리 집 잔치를 비웃으려
나타나다니 뻔뻔한 놈입니다.

캐풀럿 로미오라는 젊은이인가?

티볼트 네, 바로 그놈입니다.

캐풀럿 참게, 티볼트. 그냥 내버려 두게.
저 애도 예의 바르게 굴고 있지 않느냐.
사실 베로나의 사람들 사이에선 로미오가 품행이 단정하고 점잖은 젊은이라고 칭찬이 자자하더라.
이 도시의 재물을 다 준대도 내 집에서 저 애를 해치고 싶지 않다. 그러니 꾹 참고 모른 척해라. 그게 내 뜻이니 내 뜻을 존중한다면 그 찌푸린 얼굴을 펴거라.
이런 잔치에는 어울리지 않으니.

티볼트 저 망할 놈이 손님인 체하고 와 있으니 어울리지 않는 얼굴을 할 밖에요. 전 못 참겠습니다.

캐풀럿 참아라, 이 녀석아. 참으라니까!
대체 이 집의 주인이 누구냐. 너냐? 이거야 원,
참을 수 없다니, 신이시여, 용서하시길.
그러면 네놈은 지금 내 손님들 앞에서 소란스럽게 난장판이라도 벌이겠다는 거냐?
뒤죽박죽을 만들겠다는 거냐? 남자답게 굴어라!

티볼트 하지만 숙부님, 이건 수치스러운 일입니다.

캐풀럿 나가거라. 나가! 너야말로 건방지구나.
이게 수치스런 일이란 말이냐? 네가 정 이런 식으로 나온다면 네가 다치게 될 거다.
하필 이런 때. 내 말을 거역하다니,
적당히 해라. — 계속 추세요! 여러분. — 건방진 놈, 조용히 있지 않으면 — 불을 더 밝히게. 더 밝히라니까. — 내가 널 부끄러워서 조용히 있도록 만들어 주마. — 신나게 추세요. 여러분!

티볼트 억지로 참으려니 분노가 끓어오르는구나.
이번엔 내가 물러가지만, 침입자 로미오, 지금은 달콤하게 즐기겠지만 곧 쓰디쓴 맛을 보게 될 것이다.

(퇴장)

로미오 (줄리엣에게) 만일 제가 이 천한 손으로 이 거룩한 신전을 더럽히고 있다면, 부드러운 입맞춤으로 그 죄를 보상하게 해 주세요.
제 입술은 얼굴을 붉힌 두 순례자처럼 이렇게 기다리고 있으니.

줄리엣 착하신 순례자님, 두 손을 너무 나무라지 마세요.
당신의 손은 이처럼 점잖게 신앙심을 보여 주고 있으니.
성자의 손은 순례자의 손을 맞이하기 위해 있는 것이니, 순례자들이 서로 손을 맞대는 것이 곧 그들의 입맞춤이지요.

로미오 성자나 순례자에게는 입술이 없습니까?

줄리엣 아이, 순례자님. 있지만 그것은 기도하기 위한 것이지요.

로미오 그렇다면 성녀님, 손으로 하는 것을 입술로도 할 수 있게 해 주세요. 이 입술이 기도드립니다.

믿음이 절망으로 변하지 않도록 들어주세요.

줄리엣 성녀상은 움직이지 못한답니다. 기도는 허락해줄지도 모르겠지만요.

로미오 그러면 꼼짝 말고 계세요. 내가 기도의 효험을 확인할 동안.

(줄리엣에게 입을 맞춘다)

그대의 입술로, 나의 죄가 모두 씻겼습니다.

줄리엣 그럼 제 입술이 그 죄를 대신 갖게 되었네요.

로미오 내 입술의 죄를? 아, 달콤한 꾸짖음이군요.

그럼 나의 죄를 돌려주세요.

(다시 입을 맞춘다)

줄리엣 입맞춤도 예의 있게 하시는군요.

유모 아가씨, 어머님이 찾으세요.

로미오 어머님이 누구신가요?

유모 어머나, 도련님도.
이 댁의 마님이시지요.
현명하고 덕이 있으신 부인이시지요.
제가 방금 도련님과 이야기 나누신 따님을 키웠답니다.
아가씨를 차지하시는 분은 정말 복 받으실 거예요.

로미오 캐풀럿의 딸? 이럴 수가.
이 무슨 거래란 말인가. 나의 목숨을 원수에게 주었구나.

벤볼리오 자, 가자고! 잔치가 최고조이니.

로미오 그런 것 같군.
이제 내리막길만 남았구나.

캐풀럿 아니, 젊은이들. 가기엔 아직 이르다오.

보잘것없지만 간단한 후식이 마련되어 있으니. 그렇소? 그렇다면, 모두들 고마웠소. 감사하오.

젊은이들. 잘 가시오. 횃불을 더 밝혀라.

(가면을 쓴 이들이 퇴장)

그러면 이만하고, 잠자리에 들자.

아, 시간이 늦었구나. 나는 이제 쉬어야겠다.

(줄리엣과 유모만 제외하고 모두 퇴장)

줄리엣 유모, 이리 와요. 저기 저분이 누구예요?

유모 타이베리오 댁 장남이시지요.

줄리엣 지금 막 문을 나서는 저분은요?

유모 페트루치오 댁 도련님이신가 봐요.

줄리엣 바로 뒤에 따라가던 분은요? 춤은 안 추시던데.

유모 모르겠는데요.

줄리엣 가서 알아보고 와요. 만약 이미 결혼하셨다면, 무덤이 나의 신혼 방이 될 거야.

유모 이름이 로미오라고, 몬태규 집안의 아드

님이래요. 아가씨 댁 원수의 외아들이요.

줄리엣　오직 하나뿐인 내 사랑이 유일한 원수의 집안에서 나오다니! 누구인지도 모른 채 너무 일찍 보아 버렸고, 알고 나니 너무 늦었구나! 원수를 사랑해야 하다니, 불길한 사랑의 시작이구나.

유모　그게 무슨 소리에요?

줄리엣　방금 함께 춤췄던 분에게 배운 시구절이야.

(안에서 줄리엣을 부른다)

유모　곧 가요! 어서 가요. 손님들도 모두 가셨으니.

(모두 퇴장)

제2막

프롤로그

(해설자 등장)

해설자 오래된 욕정이 임종의 자리에 눕고, 새로운 애정이 움터 옵니다. 목숨을 걸고 사랑하던 미녀도 줄리엣의 아름다움에 비하면 아름다움이 아닙니다.
서로의 매력에 매혹되어 이제는 로미오도 사랑을 받고, 사랑을 하네요.
그러나 로미오는 원수에게 사랑을 호소해야 하고, 줄리엣은 무시무시한 바늘에서 달콤한 사랑의 먹이를 훔쳐야 합니다. 원수인 까닭에 그는 가까이 다가가 흔한 연인들의 사랑의 맹세도 하지 못하고, 그녀 또한 깊이 사랑에 빠져 있으나 연인을 만날 길이 없네요. 그러나 열정은 둘에게 힘을 주고, 시간을 방법을 알려 주니, 둘은 서로 만나고 고난을 이겨 낼 달콤한 사랑을 나눕니다.

(퇴장)

1장

캐풀럿의 정원 안 좁은 길

(로미오 등장)

로미오　내 마음을 여기에 두었는데 어디로 갈 수 있을까.
돌아가자, 흙덩이 같은 몸아,
네 생명의 중심으로.
(벽을 타 올라 안으로 뛰어넘는다)

(벤볼리오와 머큐쇼 등장)

벤볼리오 로미오! 나의 사촌 로미오! 로미오!

머큐쇼 영리한 놈.

벌써 집에 가 다리 뻗고 자고 있을걸.

벤볼리오 이쪽으로 달려와서 정원 담을 뛰어 넘던걸.

좀 불러 봐, 머큐쇼.

머큐쇼 그냥 부르지 말고 주문을 외워야겠어.

로미오! 변덕쟁이! 미친놈! 정열가! 사랑에 빠진 놈!

한숨짓는 모습으로 나타날 거야.

사랑 노래라도 한 소절 불러 줘. 그래야 우리가 안심할 게 아닌가.

"아아!"라고 한마디 외쳐 주게. "내 사랑" 또는 "비둘기" 라고 말해 보게. 수다스러운 비너스 여신에게 한마디 상냥한 말을 건네 보라고. 비너스의 눈먼 아들이자 활의 명수인 큐피드에게 별명이나 하나 지어 주라고.

코페추어 왕이 그 화살에 맞아 거지 소녀와

사랑에 빠지지 않았나.

이 녀석, 들리지도 않는가 보지. 기척도 없고 움직임도 없네. 이번에야말로 정말 주문을 외워야겠어.

자! 로미오야 나타나라. 로잘린의 반짝이는 눈동자로, 넓은 이마와 새빨간 입술로, 예쁜 발과 곧은 다리와 떨리는 허벅지와 그 언저리에 있는 금단의 영역으로 그대를 부르노니, 원래의 모습으로 어서 나타나라.

벤볼리오 로미오가 들으면 화내겠는걸.

머큐쇼 이 정도로는 어림없지. 로잘린의 원 안에 남자 유령을 세워 놓고, 로잘린더러 주문을 외워 쓰러뜨리게 한다면 그땐 화를 내겠지만. 그건 악의가 있으니까. 그러나 나의 주문은 공정한 것이었네. 어디까지나 그놈을 불러내기 위한 것이었으니.

벤볼리오 가세. 로미오는 이 숲에 몸을 숨기고 밤이슬로 촉촉이 젖고 싶은 모양이니.

그의 사랑은 앞을 볼 수 없으니 어둠 속에 숨어 있는 게 가장 알맞을지도 모르지.

머큐쇼 사랑이 앞을 보지 못한다면, 사랑의 화살은 과녁을 맞히지 못하잖은가? 지금쯤 그는 비파나무 아래에 앉아 그의 연인이 비파열매였으면 하고 바라고 있을걸. 처녀들은 혼자 있을 때 그 열매를 보고 웃는다지. 아, 로미오. 너의 연인은 벌어진 열매이고, 자네는 길쭉한 배였으면 하고 바라겠지.

잘 있게, 로미오. 나는 바퀴달린 내 침대로 가겠네. 이 들판은 침대로 삼기엔 너무 춥단 말이야.

자, 가볼까?

벤볼리오 가세. 일부러 숨은 사람을 찾아봐야 헛수고일 뿐이야.

(두 사람 퇴장)

2장

캐풀럿의 정원

(로미오 등장)

로미오 상처의 아픔을 모르는 자들이나 남의 상처를 비웃지.

(줄리엣, 위의 창문에서 등장)

하지만, 쉿! 저기 저 창문에서 쏟아지는 빛은 뭐지?
동쪽이군. 그렇다면 줄리엣은 태양이야.

아, 아름다운 태양이여! 솟아올라 시샘하는 저 달을 가려 주시길. 달의 시녀인 줄리엣 당신은 달보다 더 아름다우니 달은 벌써 슬픔으로 병들어 창백해 보이네요.
여신의 시녀가 되지 말아요. 그녀는 시샘이 많답니다. 여신의 시녀들이 갖춰 입는 순결의 옷은 창백하게 병든 누런빛이니. 아아, 그대는 나의 여인, 나의 사랑! 아, 당신이 나의 사랑이라는 걸 당신이 알아 주었으면!
그녀가 뭔가 말을 하고 있으나, 들리지 않는구나. 그게 무슨 상관인가. 저 눈이 말을 하고 있는데.
대답해야겠어. 아니야, 그건 지나치게 대담한 일.
나에게 이야기하고 있는 것은 아니지 않은가. 천상의 모든 별 가운데 가장 빛나는 두 개의 별이 볼일이 있어 자리를 비우면서, 대신 자신들의 자리에서 반짝여 달라고 그녀에게 부탁한 것 같구나.
만약 그녀의 두 눈과 두 별이 자리를 바꾼다면 어떨까. 저 밝게 빛나는 두 볼의 광채가 저 별들을 부끄럽게 만들겠지.
한낮의 햇빛이 등불을 부끄럽게 만들듯이 줄리엣의 두 눈이 하늘에 있다면, 너무 밝아 새들이 낮인 줄 착각하고 노래를 부를 거야.
저것 봐, 볼에 가져다 괴고 있는 저 두 손을!
아, 내가 그녀의 장갑이라면, 저 볼에 가닿을 수 있을 것을!

줄리엣 아, 정말!

로미오 그녀가 말을 한다.
다시 말해 보세요, 빛나는 천사여!
오늘 밤 당신은 내 머리 위에서 빛나는 날개 달린 천사 같군요.
그 천사가 천천히 흘러가는 구름을 타고 창공을 가를 때 사람들은 뒷걸음치며 우러러보고 빛나는 천사를 구경하겠지요.

줄리엣 아, 로미오, 로미오! 당신은 왜 하필 로미오인가요?

아버지의 이름을 버리고 당신의 이름을 거부하세요!

그렇게 못 하시겠다면, 다만 나를 사랑한다고 맹세해 주세요!

그러면 나는 캐풀렛이라는 성을 버리겠어요.

로미오 (방백) 더 들어 볼까, 아니면 말을 건네 볼까?

줄리엣 당신의 이름만이 나의 원수일 뿐, 당신이 몬태규든 아니든, 당신은 당신일 뿐이에요.

몬태규가 무엇인가요? 손도 아니고 발도 아니고 팔도 아니고 얼굴도 아니에요.

아, 다른 이름이 되세요!

이름에 무엇이 있나요? 우리가 장미를 무엇이라 부르든 장미가 가진 향기는 변함이 없잖아요.

로미오 역시 로미오라 불리지 않아도 당신이

간직한 미덕은 영원할 거예요.
로미오, 그 이름을 버리세요.
그리고 당신과 아무 상관없는 그 이름 대신,
내 전부를 가지세요.

로미오 당신의 말을 믿고 당신을 가지겠어요.
날 연인이라 부르세요. 그게 나의 새로운 세례명이니.
이제 나는 로미오가 아니요.

줄리엣 어둠 속에 몸을 숨기고 남의 말을 엿듣는 당신은 누구신가요?

로미오 이름으로는 당신께 내가 누구라고 말할 수 없어요.
나의 이름은, 성스러운 여인이여, 내게 증오스러운 것, 나의 이름은 당신의 적이니.
내 이름이 내 몸 어디에 쓰여 있다면, 갈기갈기 찢어 버리겠어요.

줄리엣 내 귀는 아직 당신이 하시는 말을 백 마디도 채 듣지 못했지만, 당신의 목소리를 알겠어요.

당신은 로미오지요? 몬태규 집안의?

로미오 저는 그 둘 다가 아니에요. 아름다운 당신이 싫어하신다면.

줄리엣 여긴 어떻게 오셨어요? 무엇 때문에요? 정원의 담이 높아 오시기 힘드셨을 텐데. 게다가 우리 집안사람들이 당신이 여기 계신 것을 알면 무사히 빠져나가기 힘드실 거예요.

로미오 정원의 담쯤이야 사랑의 날개를 달고 뛰어넘었지요.

돌담이 어떻게 사랑을 막아 낼 수 있겠어요. 사랑은 무엇이든 해내는걸요. 그러니 당신의 가족들도 나를 막아서지는 못할 거예요.

줄리엣 당신을 보면 죽이려 들 거예요.

로미오 아, 나는 그들의 칼보다 당신의 눈빛이 더 무서워요!

당신만 다정한 눈빛을 보내 준다면, 그들의 증오 따위는 문제가 되지 않아요.

줄리엣 아, 제발 우리 집 사람들이 당신을 보지 못했으면.

로미오 밤의 외투를 몸에 걸쳤으니 눈에 띄지 않을 거예요.

하지만 당신이 나를 사랑하지 않는다면, 차라리 나는 발각되면 좋겠어요.

당신의 사랑을 얻지 못하고 쓸쓸히 사느니 적들의 증오 속에서 죽음을 맞겠어요.

줄리엣 누구의 안내로 이곳에 오셨어요?

로미오 사랑의 안내지요. 당신을 찾으라 하고 조언을 준 눈먼 사랑에게 나는 눈을 빌려 주었을 뿐인걸요.

나는 비록 항해자는 아니지만 당신과 같은 보물을 위해서라면 아무리 아득하게 먼 해안이라도 기꺼이 항해하겠어요.

줄리엣 제가 밤의 가면을 쓰고 있지 않았더라면, 당신은 수줍음으로 붉게 물든 소녀의 뺨을 보셨을 거예요.

당신이 오늘 밤 제가 한 혼잣말을 엿들으셨기 때문이죠.
체면을 차리고, 아까의 말을 거짓말이라 취소하고 싶지만, 체면 따위는 버리겠어요. 나를 사랑하시나요?
그렇다고 대답하시겠지요. 당신의 말을 믿을게요. 하지만 맹세하셨어도 진실이 아닐 수 있잖아요. 연인들이 하는 거짓 맹세는 제우스도 웃게 한답니다.
오, 다정한 로미오, 당신이 날 사랑하신다면 온 마음을 다해 고백해 주세요.
혹시 당신이 나의 사랑을 너무 쉽게 얻었다고 여기신다면, 당신이 아무리 사랑을 호소해 와도 언짢은 얼굴로 고집스럽게 싫다고 말하겠어요.
그러시지 않겠다면 나도 그러지 않을게요.
사실은, 몬태규 님, 당신을 너무나 사랑하고 있어요.

그러니 당신은 나의 행동을 가볍게 여길 수도 있겠지요.

그러나 나를 믿어 줘요, 당신.

마음속으로는 좋아하면서도 쌀쌀한 척하는 여자들보다 내가 더 진실하다는 것을 보여 줄게요.

고백하건대, 당신이 나의 진정한 사랑의 고백을 듣지 못하셨다면, 나도 당신께 좀 더 쌀쌀맞게 굴었을지 몰라요.

그러니 어두운 밤이 드러낸 나의 사랑을 헤픈 것이라 여기지 마시고 나를 용서하세요.

로미오 나의 여인, 이곳의 과일나무들을 은빛으로 물들이는 저 신성한 달에 대고 맹세할게요.

줄리엣 아, 달에 대고 맹세하지 마세요. 시간이 흐르면 궤도를 바꾸는 저 변덕스러운 달에 대고 맹세하지 마세요.

당신의 사랑도 저 달처럼 변덕스러울까 봐 두

려워요.

로미오 그럼 무엇에 대고 맹세할까요?

줄리엣 아무것에도 맹세하지 마세요.

맹세를 하려거든 당신 자신을 걸고 하세요.

당신은 내가 숭배하는 신이니까요.

그러신다면 믿겠어요.

로미오 만약 나의 가슴속의 귀한 사랑이…….

줄리엣 아니, 맹세하지 마세요.

당신과 함께하게 되어 기쁘지만 오늘 밤은 이런 맹세와는 어울리지 않아요.

너무나 성급하고 경솔하고 갑작스러워요.

"번개가 치네"라고 채 말하기도 전에 끝나 버리는 번개처럼. 잘 가요, 내 사랑!

이 사랑의 봉오리가 여름날의 입김으로 부풀어 우리가 다시 만날 때 아름답게 피어 있길 바라요.

잘 가요, 잘 가요. 제 마음속의 달콤한 안식이 당신의 마음속에도 찾아들기를.

로미오 아, 절 이렇게 섭섭하게 남겨 두실 작정인가요?

줄리엣 그럼 무엇으로 이 밤을 채우고 싶으신가요?

로미오 당신이 하는 충실한 사랑의 서약과 나의 서약으로.

줄리엣 당신이 부탁하시기 전에 나는 이미 했는걸요. 다시 한 번 더 해 드렸으면 하는 마음도 있지만.

로미오 한 번 더 약속한다니, 이전의 약속은 취소한다는 건가요, 내 사랑?

줄리엣 오히려 아낌없이 당신께 다시 드리기 위해서지요.

하지만 이건 이미 제가 가진 사랑을 더 원하는 것과 같네요.

나의 사랑은 바다처럼 무한하고 깊고, 당신께 더 드리면 드릴수록, 내가 가진 사랑이 늘어나니 둘 다 끝이 없네요.

안에서 무슨 소리가 들려요. 내 사랑이여, 잘 가요!

(밖에서 유모가 줄리엣을 부른다)

유모예요! 나의 몬태규, 변치 말아요.

잠깐만 기다려요. 곧 돌아올게요.

(줄리엣 퇴장)

로미오 아아, 축복받은, 축복받은 밤이구나!

이 밤이, 이 모든 것이 꿈일까 두렵다.

생시라 하기엔 지나치게 달콤하니.

(줄리엣 위에서 재등장)

줄리엣 로미오, 한마디만 더요. 부디 안녕히 가세요.

당신의 사랑이 진정이라면, 나와 결혼을 생각하신다면, 내일 사람을 보낼 테니 어디서, 몇 시에, 식을 올릴 건지 전해 주세요.

나는 내 모든 운명을 당신의 발아래로 던지고

당신을 따라 이 세상 어디든 가겠어요!

유모 (밖에서) 아가씨!

줄리엣 곧 가요! — 하지만 그럴 생각이 아니시라면, 제발…….

유모 (밖에서) 아가씨!

줄리엣 지금 곧 간다니까! — 그렇다면, 부탁이니 제발 여기서 그만두시고 절 슬픔 속에 내버려 두세요.

내일 사람을 보낼게요.

로미오 내 영혼에 맹세하니!

줄리엣 천 번이고 안녕히!

(줄리엣 위에서 퇴장)

로미오 당신의 빛이 없으니 천 배나 어두워졌군요.

당신을 만나는 것이 학생들의 하굣길처럼 즐거웠다면 이별은 등교하는 학생들처럼 침울하군요.

(줄리엣 위에서 재등장)

줄리엣 쉿, 로미오. 여기예요! 아아, 나의 로미오 님.
매를 불러들이는 매사냥꾼의 목소리를 가졌다면 좋으련만! 가족들이 들을까 봐 큰 소리로 부를 수도 없구나.
큰 소리를 낼 수 있다면, 메아리 요정보다 더 큰 목소리로 그녀가 사는 동굴이 터지도록 나의 로미오의 이름을 외칠 텐데.
로미오!

로미오 나의 영혼의 주인이 나의 이름을 부르는구나.
밤에 듣는 연인의 목소리는 귀를 간질이는 부드러운 음악처럼 얼마나 은빛으로 달콤한지!

줄리엣 로미오!

로미오 왜요, 나의 연인?

줄리엣 내일 몇 시에 당신께 사람을 보내 드릴

까요?

로미오 아홉 시가 좋겠어요.

줄리엣 그렇게 할게요. 그동안이 이십 년처럼 느껴질 거예요.

그런데 나 왜 당신을 불렀는지 잊어버렸어요.

로미오 당신이 기억해 낼 때까지 내가 여기 서 있을게요.

줄리엣 기억이 안 날 거예요. 당신이 그곳에 서 계시면. 당신과 함께 있어서 정말 좋다는 생각밖에 안 드니까요.

로미오 그럼 계속 여기 있을게요. 우리가 여기 함께 있다는 사실 말고는 모두 잊을 수 있도록.

줄리엣 벌써 아침이 가까웠어요.

이제 당신을 가게 해 드릴게요.

그렇지만 멀리 가지는 못하실 거예요.

개구쟁이 소녀가 손에 쥔 새를

멀리 보내지 않는 것처럼.

가여운 새가 날아오르려는 것을 귀여워하다

가도 샘이 나서
발에 묶인 비단실을 잡아채듯이요.

로미오 내가 당신의 그 새였으면.

줄리엣 저도 그랬으면 좋겠어요.
하지만 너무 귀여워하다가 그 새를 죽게 할 지도 몰라요.
잘 가요, 안녕. 이별이 이토록 달콤하고 슬프니 날이 새도록 '안녕'이라고 말하고 싶어요.

(줄리엣 퇴장)

로미오 당신의 두 눈에 잠이, 가슴에는 평화가 찾아들기를.
내가 그 잠이 되고 평화가 되어 달콤한 휴식을 주었으면. 이제 나는 신부님의 사제관으로 가 도움을 청하고 나의 행복에 대해 말씀드려야지.

(로미오 퇴장)

3장

로렌스 신부의 사제관

(손에 바구니를 든 로렌스 신부 등장)

로렌스 신부 잿빛 눈을 한 아침이 밤의 찌푸린 얼굴에 미소를 보내니 동쪽 구름에 빛으로 새긴 무늬가 나타나는구나.
얼룩진 어둠은 술 취한 이처럼 비틀대며 태양신의 수레가 가는 밝은 길목을 벗어난다.
태양이 이글거리는 눈동자를 들어 한낮의 기세로 밤새 내려앉은 축축한 이슬을 말리기 전에 나는 독초와 약초를 따서 버들바구니를 채

워야겠다.
자연의 어머니인 대지는 자연의 묘지, 자연의 묘지는 곧 자연의 모태이지.
우리는 그 모태 속에서 대지의 젖을 빼는 다양한 자식을 본다.
세상에 뛰어난 효험을 가진 것은 많고, 모든 초목이 서로 다른 효험을 가지니 나무, 풀, 돌들이 타고난 본질의 신기하고 강력한 힘은 놀랍구나.
아무리 해충이라도 대지 위의 생물 치고 특수한 이로움을 가져다주지 않는 것이 없고, 아무리 이로운 것이라도 잘못 쓰면 본성에 어긋나 해를 끼치는 법. 덕성도 그러하니, 잘못 쓰면 악으로, 악도 쓰기에 따라서는 선이 된다.
이 연약한 꽃 속에는 독성도 약의 효험도 있다. 이 꽃의 향기를 맡으면 온몸이 상쾌한 기운을 얻지만 먹으면 모든 감각이 심장과 함께 멎으니. 초목뿐 아니라 인간의 내부에도 미덕과 악덕의 두 왕이 자리하니 악이 성하면 인간은 죽음이라는 해충에게 먹히겠지.

(로미오 등장)

로미오 안녕하세요, 신부님.

로렌스 신부 신의 축복이 있으시길.
이렇게 이른 아침에 반가운 목소리를 들려주니 자네 아마 머릿속이 복잡한가 보군.
늙은이들이야 근심 걱정으로 잠을 설치지.
걱정이 있는 곳에 잠이 없는 법이거든.
그러나 머릿속에 걱정이 없는 젊은이는 눕는 대로 황금 같은 단잠의 지배를 받는 법인데,
이렇게 일찍 일어난 것을 보니 자네는 뭔가 고민이 있어 잠을 이루지 못한 것이구먼.
그게 아니라면, 애초 잠자리에 들지 못한 게지 그렇지 않나?

로미오 네, 맞습니다. 하지만 잠보다 더 달콤했

습니다.

로렌스 신부 하느님 맙소사! 그럼 로잘린과 같이 있었는가?

로미오 아니요. 신부님, 로잘린이라뇨?
저는 그 이름도, 그 이름이 주는 고통도 모두 잊었는걸요.

로렌스 신부 그것 참 다행이구나. 그렇다면 어디에 있었지?

로미오 다시 물으시기 전에 말씀드리지요.
실은 원수의 집안에서 연 연회에 갔는데, 어떤 자가 제게 상처를 입히길래 저도 그에게 상처를 주었습니다. 저희의 치료에는 신부님의 도움과 치료의 손길이 필요합니다.
어떤 원한을 가진 것은 아닙니다.
저의 간청에는 적의 회복도 달려 있으니까요.

로렌스 신부 똑똑히 말해다오. 간단히 말이다.
수수께끼 같은 고해는 용서를 어렵게 만드니.

로미오 그렇다면 쉽게 말씀드리지요. 저는 캐

풀럿 댁의 아름다운 따님에게 제 진정한 사랑을 주었습니다.

그녀가 제 마음을 가져간 것처럼 저도 그녀의 마음을 얻었으니, 모든 것이 완전히 맺어졌지요. 이제 신부님께서 결혼서약으로 하느님 앞에서 저희 둘을 맺어 주는 일만 남았습니다. 언제, 어디서, 어떻게 만나 사랑을 고백하고 언약했는지는 가면서 말씀드리겠습니다. 하지만 부디 오늘 안에 우리가 결혼할 수 있도록 허락해 주세요.

로렌스 신부 아, 하느님 맙소사! 이 무슨 변덕이란 말이냐! 네가 그토록 사모하던 로잘린은 벌써 잊었느냐? 그렇다면 젊은이들의 사랑은 마음이 아닌 눈에 있구나. 아이고, 성모마리아여! 너는 로잘린 때문에 그 창백한 뺨에 짜디짠 눈물을 무던히도 흘렸지. 맛도 보지 않을 사랑에 간을 맞추려 그토록 많은 소금물을 낭비했단 말인가!

태양이 자네의 한숨의 구름을 치우기도 전에! 자네의 신음이 나의 늙은 귀를 울리던 것이 멈추기도 전에! 여기 자네의 뺨엔 눈물을 흘렸던 자국이 아직 남아 있지 않은가. 자네가 자네 자신이고, 자네의 고통이 자네의 것이라면, 자네 자신도, 자네의 고통도 모두 로잘린을 위한 것이 아니었는가.

아니, 사람이 변한 것인가. 이 말을 되새겨 보게.남자도 못 믿는 세상에서 여자의 변심은 탓할 것이 아니라네.

로미오 신부님은 로잘린을 사랑한다고 꾸짖으셨잖습니까.

로렌스 신부 사랑해서가 아니라 그 사랑에 목을 매지 말라고 했지.

로미오 그리고 사랑을 묻어 버리라고 하셨지요.

로렌스 신부 다른 사랑을 찾으라고 그 사랑을 묻으라 한 것이 아니네.

로미오 제발 꾸짖지 마세요. 지금 제가 사랑하

는 여인은 호의에는 호의로, 사랑에는 사랑으로 보답해 줍니다.

로잘린은 그러지 않았어요.

로렌스 신부 자네의 사랑이 외워서 하는 사랑일 뿐, 진정한 의미를 아는 사랑이 아니라는 것을 로잘린은 알았던 거라네. 어쨌든 가자고! 이 변덕쟁이 젊은이, 나도 한 가지 생각이 있으니 자네를 도와주지. 운이 좋으면 둘의 결합으로 두 가문의 원한이 애정으로 바뀔지 모르니까.

로미오 어서 가시죠! 서둘러서요.

로렌스 신부 현명하게, 천천히 가야지, 서두르다가는 넘어진다네.

(퇴장)

4장

길거리

(벤볼리오와 머큐쇼 등장)

머큐쇼 도대체 로미오 이 녀석은 어디로 간 거야? 밤에 집에도 오질 않았나?

벤볼리오 안 왔다네. 하인에게 물어봤지.

머큐쇼 저 창백하고 쌀쌀맞은 로잘린이 하도 괴롭혀 정신이 완전히 나간 게 아닌가?

벤볼리오 캐풀럿 집안의 티볼트가 로미오의 집으로 편지를 보냈다던데.

머큐쇼 보나마다 도전장이겠지.

벤볼리오 로미오는 답장할 거야.

머큐쇼 글을 쓸 줄 안다면 답장이야 쓰겠지.

벤볼리오 내 말은 도전장을 받아들인다는 말이네.

머큐쇼 가엾은 로미오는 이제 죽은 목숨이야. 창백한 계집의 검은 눈에 찔리고 사랑의 노래에 귀가 뚫리고 심장 한복판은 눈먼 큐피드의 화살에 맞아 뚫렸으니, 로미오가 티볼트를 당해 낼 수 있을까?

벤볼리오 까짓것 티볼트가 뭔데?

머큐쇼 고양이 왕자보다 더한 놈이지. 예의범절도 알고 용감한 무예에도 능하다지. 악보를 보고 노래하듯 시간과 거리와 박자를 맞춰 싸우는데, 하나 둘 하고 쉬고, 셋에서 자네 가슴을 찌를 거야. 비단 단추를 찌르는 일은 일도 아니라네. 굉장한 놈이야, 싸움꾼이지. 최고의 검술 실력에 그 집안의 신사지. 그래서 결투에 첫 번째, 두 번째 이렇게 하나하나 이유를 붙이는 놈이야. 아, 그 앞 찌르기! 뒤 찌르기! 그리고 마무리!

벤볼리오 뭐라고?

머큐쇼 혀 짧은 소리로 유식한 척 어려운 말이나 떠벌이는 멍청한 저놈들 좀 보라지. '이것 참 훌륭한 검이군요, 참 튼튼한 장검이네요. 훌륭한 창녀네요.' 이런 이상한 파리 같은 놈들에게 우리가 괴롭힘을 당해야 하다니 통탄스러운 일이 아닌가. 유행이나 쫓고, '실례합니다.'나 말하고 다니고, 새것이라면 사족을 못 쓰고 낡은 의자엔 앉지도 않는 놈들. 아이고, 내 뼈야, 내 뼈야.

(로미오 등장)

벤볼리오 저기 로미오가 오네! 로미오가 와!

머큐쇼 알을 빼서 말린 청어 꼴이구나. 오, 로미오의 몸이 어쩌다 저렇게 생선 꼴이 되었

나. 이제 페트라르카가 부른 사랑 노래를 부르겠지. 부엌데기 연인 로라는 그의 노래로 유명해졌지. 하지만 로라의 연인은 로미오보단 노래가 낫지. 디도는 촌스럽고, 클레오파트라는 집시인 데다, 헤레네와 헤로는 매춘부이고, 잿빛 눈을 가진 티스베는 말할 가치도 없다지. 로미오, 봉주르! 자네가 프랑스식 바지를 입고 있으니 인사도 프랑스식으로 해 주마. 어제는 잘도 우리를 속이고 도망쳤겠다.

로미오 다들 좋은 아침이야. 내가 어제 언제 자네들을 속였다고 그러나?

머큐쇼 속였지, 속였고말고. 속인 게 아니고 뭔가?

로미오 미안하네. 머큐쇼. 아주 중요한 일이 있어서 말이야. 그런 상황에선 예를 다하지 못할 수도 있는 거지.

머큐쇼 말이 그렇다면, 나도 네놈에게 인사도 않고 예를 다하지 않아도 되겠구먼.

로미오 인사는 예를 다해 해야지.

머큐쇼 말은 참 잘하는구먼.

로미오 내가 원래 좀 예의범절이 바르지 않은가.

머큐쇼 아니, 예의범절하면 나지.

로미오 예의범절의 꽃이라는 건가.

머큐쇼 그렇지.

로미오 꽃이라면 내 신발에 많이 달려 있지.

머큐쇼 거참, 말 한번 잘하네! 그 신 밑창이 다 닳을 때까지 나와 농담이나 하지. 얇은 밑창이 다 닳아도 재미있는 농담은 남을 게 아닌가.

로미오 아, 하나 남은 얇은 밑창, 하나 남은 얄팍한 농담!

머큐쇼 나 좀 도와주게, 벤볼리오. 내 재치도 밑천이 드러나고 있거든.

로미오 재치에 채찍질하고 박차를 가하라고! 그렇지 않으면 승패가 났다고 외치겠네.

머큐쇼 아니, 너하고 하는 이 바보 같은 기러기 경주는 이제 그만두겠네. 내가 가진 다섯 가지 재치를 다 동원해도 네놈을 따라잡을 수 없으니. 그래도 자네와 놀고 있는 걸 보면 나도 참 바보 같은 기러기라니까.

로미오 자네야 나와 함께 있으면 바보 기러기가 되지.

머큐쇼 자꾸 그러면 귀를 물어뜯어 주마.

로미오 그러지 마세요. 바보 기러기님.

머큐쇼 농담치곤 꽤 매운걸. 톡 쏘는 맛이 있어.

로미오 그 맛이 달콤한 기러기 요리와 어우러지지.

머큐쇼 재치가 양피지 같구먼. 한 치가 석 자로 늘어나니.

로미오 그렇다면 어디 더 늘려 볼까? 기러기 말이 나와서 말인데, 자네는 정말 오지랖이 늘어나는 기러기란 말이야.

머큐쇼 상사병에 걸려 비실거리는 것보다야 낫지 않은가. 오늘은 제법 로미오답구먼. 성질도 말솜씨도 진짜 로미오 같군. 상사병에 걸려 작대기를 구멍 속에 감추려고 혀를 늘어뜨리고 비실대는 모습은 정말 바보 같더군.

벤볼리오 그만하게, 이제.

머큐쇼 이렇게 기분을 돋워 놓고 이야기를 그만하라니.

벤볼리오 안 그러면 끝이 안 나겠네.

머큐쇼 아니, 잘못 봤네. 이제 끝낼 참이었어. 더 할 이야기도 없는걸.

로미오 그것 참 잘되었군.

(유모와 피터 등장)

머큐쇼 배다! 배다!

벤볼리오 두 척이군. 치마와 바지.

유모 피터!

피터 네.

유모 부채 좀 주게.

머큐쇼 피터, 얼굴 좀 가려 드리게.

부채가 부인보다 더 예쁘니.

유모 좋은 아침입니다. 도련님들.

머큐쇼 좋은 오후인데요, 부인.

유모 벌써 오후인가요?

머큐쇼 오후지요. 저 음탕한 해시계의 손이 정오의 거기를 꾹 누르고 있으니까요.

유모 세상에나, 원 참! 무슨 사람이 이래요!

로미오 부인, 이 사람은 맞을 짓을 하려고 태어난 사람이랍니다.

유모 맞을 짓을 하네요, 정말. 그런데 도련님들. 어딜 가야 로미오라는 젊은 분을 만날 수 있는지 아시나요?

로미오 제가 압니다만, 그러나 로미오를 찾았을 때는 지금보다 더 늙어 있을 겁니다. 그 이름을 가진 사람으로는 제가 제일 젊지요. 이만큼 못난 놈도 없고요.

유모 재미있으신 분이시군요.

머큐쇼 못났다는 데 재미있다니요?

참 이해력도 좋으시네, 좋아!

유모 로미오 도련님이시라면 제가 긴히 드릴 말이 있습니다.

벤볼리오 만찬에 초대하려는 모양이군.

머큐쇼 뚜쟁이다! 뚜쟁이야! 뚜쟁이! 찾았군!

로미오 뭘 찾았다는 건가?

머큐쇼 보통 토끼가 아니야. 사순절 파이에 넣는 토끼가 아니라 쉬어 빠지고 늙어 빠져서 쓰지 못하는 토끼란 말이야.

(노래한다)

“쉬어 빠진 늙은 토끼
쉬어 빠진 늙은 토끼
사순절 음식으론 맛나지만
돈 내고 먹기엔 아깝다네.
먹기도 전에 상해 있으니.”

로미오, 집으로 갈 건가? 너희 집에서 식사나 해야겠다.

로미오 뒤따라가겠네.

머큐쇼 안녕히 가세요. 할머니. 안녕히 가세요. (노래를 부르며) "마님, 마님, 마님."

(머큐쇼와 벤볼리오 퇴장)

유모 저렇게 천박한 소리만 늘어놓는 저 사람은 도대체 누군가요?

로미오 혼자 떠들어 대는 걸 좋아하는 사람입니다. 한 달이 걸려도 못 다할 말을 일 분이면 다할 그런 사람이죠.

유모 어디 내 욕만 했다 봐라, 아주 가만히 있지 않을 테니까. 제깟 놈이 아무리 힘을 쓴대도 저런 놈 스무 명쯤은 문제없지. 혼자서 안 되면 사람을 불러오지. 무례한 녀석! 내가 제 놈의 놀잇감인 줄 아나. 짝꿍인 줄 아나. 너는 내가 이렇게 당하고 있는데도 보고만 있느냐?

피터 전 누가 유모를 희롱하는 걸 못 보았는뎁쇼. 그런 일이 있었으면 내가 칼을 뽑아 들었겠죠. 장담컨대, 싸움이 나고 우리 편이 정당하다면 정말 칼을 뽑는 데는 남에 뒤지지 않습니다요.

유모 아직도 분해서 몸이 다 떨리는구나. 망할 놈! 한데 도련님, 아까도 말씀드렸듯이 우리 집 아가씨가 저더러 도련님을 찾아가 보라고 하셨어요. 아가씨의 부탁은 저만이 알고 있습니다. 도련님이 우리 아가씨를 바보로 만들고 계신 거라면, 세상 사람들 말마따나 그건 정말 막된 짓이죠. 우리 아가씨는 아직 어려요. 그러니까 도련님이 우리 아가씨를 데리고 놀려고 드는 거라면 그건 어느 댁 따님에게도 아주 못되고 비열한 짓이에요.

로미오 아가씨에게 이렇게 전해 주세요. 유모 앞에서 맹세하건대…….

유모 훌륭해요. 꼭! 꼭! 그렇게 전해 드릴게요. 정말 기뻐하실 거예요.

로미오 아니, 뭐라고 전한다는 거예요? 제 말은 아직 듣지도 않으시고.

유모 신사답게 사랑을 맹세하셨다고 전하지요.

로미오 오늘 오후 어떻게든
고해성사를 하러 나오라고 전해 주세요.
그러면 로렌스 신부님의 방에서 고해성사를 하고 결혼식을 치르게 될 거라고요.
이건 적지만 수고하신 대가입니다.

유모 아니, 한 푼도 받지 않겠어요.

로미오 아닙니다. 받아 두세요.

유모 오늘 오후에 아가씨를 모시고 그리로 갈게요.

로미오 유모께서는 성당 담 뒤에서 기다리고 계세요.
조금 뒤에 제 시종이 사다리 모양으로 엮은 밧줄을 들고 갈 겁니다. 그게 바로 오늘 밤 나를 천국으로 오르게 해 줄 물건이에요.
그럼 안녕히 가세요. 이 비밀은 꼭 지켜 주세요. 수고는 보답할 테니.
잘 가세요. 아가씨께 안부 전해 주시고요.

유모 하느님의 복을 받으시길! 그런데요, 도련님?

로미오 네, 유모?

유모 그 시종은 믿을 만한 사람인가요? 둘은 몰라도 셋이면 비밀이 새어 나가기 쉽잖아요.

로미오 걱정 마세요. 제 시종은 강철같이 믿음직하니.

유모 그건 그렇고, 도련님. 우리 아가씬 정말 귀여우세요. 어려서부터, 아참, 패리스 백작이라는 분이 지금 우리 아가씨에게 홀딱 반해 있어요. 하지만 착한 우리 아가씨는 그분을 만나느니 두꺼비를, 차라리 두꺼비를 만나겠다고 하지 않겠어요? 가끔씩 저는 백작님이 더 미남이 아니냐고 말해서 아가씨를 화나게 만든답니다. 우리 아가씨는 그런 말만 들으면 얼굴이 새하얘지세요. 로즈마리와 로미오는 같은 글자로 시작하지 않나요?

로미오 그렇지요. 그건 왜요? 둘 다 R 자로 시작해요.

유모 어머, 농담도 참 잘하셔. 그건 개들이 내는 소리잖아요. 아르르르르. — 아냐, 다른 글자로 시작할 거야. 나도 알지. — 아가씨는 로미오와 로즈마리가 들어가는 훌륭한 글귀를 지었죠. 도련님이 들으시면 좋아하실 거예요.

로미오 그럼 아가씨에게 안부를 전해 주세요.

유모 네, 천 번이라도 전하죠.

(로미오 퇴장)

피터!

피터 네.

유모 앞서거라.

(모두 퇴장)

5장

캐풀럿의 정원

(줄리엣 등장)

줄리엣 아홉 시에 유모를 보냈지. 반 시간 뒤면 돌아온다더니 아직도 감감무소식이네.
아직 로미오를 만나지 못한 걸까? 아니, 그럴 리 없어.
아, 유모는 절름발이야! 사랑의 심부름꾼은 역시 생각을 해야 해. 생각은 순식간에 산의 저편으로 그림자를 몰아내고 달리는 빛보다 열 배는 더 빠르니.

그래서 날개가 가벼운 비둘기가 수레를 끌고, 큐피드의 등엔 날개가 있는 거야.
태양의 하루 여정 중에 가장 꼭대기에 솟아 있고, 아홉 시에서 열두 시까지 세 시간이나 지났는데 아직도 유모는 돌아오질 않는구나.
유모에게 애정과 끓는 젊은 피가 있었다면, 공처럼 재빨리 그이와 나 사이를 오가며 서로의 말을 전할 텐데.
늙은 사람은 모두 죽은 사람처럼 살아가는 것 같아. 다루기 힘들고, 느리고, 둔하고, 납처럼 푸르스름한 얼굴을 해서는!

(유모와 피터 등장)

어머나! 돌아왔네요! 아, 착한 유모! 소식은요? 로미오를 만났어? 피터는 내보내요.

유모 피터, 문에서 기다려라.

(피터 퇴장)

줄리엣 자, 착한 유모. — 아니, 왜 그렇게 슬픈 얼굴이에요?
슬픈 소식이라도 기쁘게 얘기해 줘.
좋은 소식도 그렇게 슬픈 얼굴로 얘기한다면 음악처럼 달콤한 소식도 다 망치겠어.

유모 아, 고단해. 잠깐 쉬게 해 줘요.
얼마나 돌아다녔던지 뼈마디가 다 아프네요.

줄리엣 내 뼈마디를 줄 테니, 말해 봐요. 빨리!
착한 유모, 어서요, 어서!

유모 세상에, 뭘 그리 서둘러요? 잠깐만 계세요. 내가 이렇게 숨이 가빠하는 것도 안 보이세요?

줄리엣 숨이 가쁘다고 말할 숨은 있으면서 뭘 그래요? 그렇게 변명하는 시간에 대답을 전했으면 벌써 다 전했네.
좋은 소식이야, 나쁜 소식이야? 그것만 말해 줘요. 어느 쪽인지만 말해 주면 그만 조를게요. 알려 줘.

좋은 소식이야, 나쁜 소식이야?

유모 글쎄, 아가씨가 바보같이 골랐어요. 아가씨는 남자 볼 줄 모르나 봐요. 로미오라고? 안 돼요! 그 사람은. 생긴 것도 멀쩡하고 다리도 잘 빠졌지만, 손, 발, 몸 다 좋지만, 로미오는 아니에요. 예의범절의 꽃이라 할 수는 없지만 어린양 같더군요. 이제 됐어요. 아가씨. 그만 해요. 점심은 먹었어요?

줄리엣 아니, 아니. 그건 내가 다 알고 있는 거야. 우리 결혼에 대해선 뭐라고 해요? 뭐라고 했냐고.

유모 아, 머리야! 아이고, 두통이야!

골이 스무 조각이라도 난 것마냥 아파 죽겠네. 내 허리! 아이고, 허리야! 아가씨가 시키는 대로 뛰어다니느라 정말 죽을 뻔했네.

줄리엣 아프다니 정말 미안해요. 그렇지만 사랑하는 유모. 말해 줘. 그이가 뭐라고 했지?

유모 로미오 도련님은 참으로 신사답게 말씀

하시더라고요. 공손하고 친절하고 미남이던데요. — 그런데 마님은 어디 계세요?

줄리엣 어머니는 어디에 계시냐고? 그야 집 안에 계시겠지. 어디 계시겠어? 유모 대답이 참 이상하네. "신사답게 말씀하시더라고요" 하더니 곧바로 마님은 어디 계시냐니?

유모 저런, 맙소사! 그렇게도 몸이 달으시나? 아니, 어떻게 된 거예요. 뼈마디가 쑤신다는데 주물러 주지는 못할망정 이렇게 다그치니. 이제부터 아가씨 일은 아가씨가 하세요.

줄리엣 엄살도 참! 말해 줘. 로미오가 뭐라고 했어요?

유모 오늘 고해성사에 간다고 말씀드렸어요?

줄리엣 응.

유모 그럼 당장 로렌스 신부님의 사제관으로 가세요. 거기에 아가씨를 신부로 맞을 신랑이 와 있을 테니까.

저것 봐. 벌써 두 볼이 금방 빨개지네. 무슨 말만 들어도 그리되니. 얼른 성당으로 가세요. 난 줄사다리를 가지러 다른 길로 가야 하니. 밤이 오면 아가씨의 서방님이 그걸 타고 보금자리로 올라오실 거예요. 난 아가씨를 기쁘게 해 드리려 이렇게 고생을 하는데. 그렇지만 이제 밤이 되면 아가씨가 책임지세요. 어서 가요.

나는 뭘 좀 먹으러 갈 테니. 서둘러 신부님을 찾아가요.

줄리엣 행복을 찾아가는 거야! 착한 유모, 잘 있어.

(모두 퇴장)

6장

로렌스 신부의 사제관

(로렌스 신부와 로미오 등장)

로렌스 신부 하느님, 이 거룩한 결혼식을 축복해 주시고
슬픔으로 우리를 꾸짖지 마시옵소서.

로미오 아멘, 아멘! 그러나 어떤 슬픔이 닥쳐도 그녀를 바라보던 짧은 순간에 느낀 기쁨에 비할 바 있을까.
신부님께서 하느님의 말씀으로 저희를 맺어 주신다면 사랑을 삼키는 죽음더러 무슨 짓이

든 하라고 하지요.
줄리엣을 나의 것이라 부르게 된다면 그것으로 족하니까요.

로렌스 신부 그러한 극단적인 기쁨은 극단적인 끝을 맺는 법이고, 불과 화약이 만나면 그 절정에서 소멸하는 법이다.
꿀도 너무 달면 쉽게 질리고, 입맛을 버리게 한단다.
그러니 사랑은 적당히 하게. 그래야 오래가지.
너무 서두르면 천천히 가는 것만 못하네.

(줄리엣 등장)

아가씨가 오는구나. 저렇게 가벼운 발걸음으로 다가오니 영원히 걸어도 바닥의 돌이 닳지 않겠어.
사랑에 빠진 이는 바람에 살랑거리는 여름날의 거미줄 위를 걸어도 떨어지지 않는다는데,

사랑의 기쁨이란 그토록 헛되고 가벼운 것이거늘.

줄리엣 안녕하세요, 신부님.

로렌스 신부 로미오가 내 인사까지 대신할 테지.

줄리엣 그럼, 저도 그래야겠네요. 그렇지 않으면 로미오의 인사만 너무 과할 테니.

로미오 아아, 줄리엣. 당신의 기쁨의 크기가 내가 느끼는 기쁨의 크기와 같다면, 그리고 그걸 표현함에 있어 당신이 더 낫다면, 부디 말해 주어 이 방 안을 향기롭게 해 주세요.
지금 이 만남으로 서로 느끼는 꿈같은 행복을 음악처럼 들려줘요.

줄리엣 상상은 말보다 내용이 더 풍부하니, 상상은 말로 하는 겉치레보다 실체를 더 자랑한답니다.
가난한 사람만이 자기 재산을 헤아릴 수 있어요. 제가 가진 사랑은 너무나 커서 그 절반도 헤아릴 수 없는걸요.

로렌스 신부 자, 나와 함께 가서 어서 식을 올리세. 안된 이야기지만 성당이 둘을 하나로 맺어 주기 전에는 두 사람만 따로 내버려 둘 수가 없네.

(모두 퇴장)

제3막

1장

베로나 광장

(머큐쇼와 벤볼리오, 하인 등장)

벤볼리오 부탁이야, 머큐쇼. 이제 그만 돌아가자. 날은 무덥고 캐풀렛 놈들도 깔렸으니. 그렇지 않아도 더운 피가 끓어오르니 마주치면 싸움을 피하지 못할 거야.

머큐쇼 술집에 들어가 탁자에 칼을 내던지며 '널 뽑을 필요가 없게 되길 빈다' 하고 지껄이고는 두 번째 술잔이 돌자마자 그야말로 아무 이유 없이 칼을 뽑는 자가 있다더니, 네놈이야말로 그 짝이구나.

벤볼리오 내가 그런 자와 같다고?

머큐쇼 이봐, 이봐. 자네는 이탈리아 땅에서 가장 열을 잘 받는 사람이 아닌가. 금방 열 받고 흥분하고, 흥분하면 또 열 받고.

벤볼리오 무엇 때문에?

머큐쇼 무엇 때문이든. 너 같은 놈이 하나 더 있다면 서로 죽이고 말 거야. 자네는 저편이 자네보다 턱수염이 한 올 더 많다고 시비 걸고, 한 올 더 적어도 시비를 걸 거야. 자네는 자네의 눈이 호두 빛깔이라는 이유로, 호두를 까먹는 놈에게도 시비를 걸 거야. 자네의 눈이 호두 같지 않으면 시비 걸 이유도 없어지니까. 자네 머릿속엔 달걀이 속으로 꽉 차 있는 것처럼 시비로 꽉 차 있단 말이야. 싸움에서 얻어터져 곯은 계란처럼 터져 가지고는. 전에는 길에서 자던 자기 개를 깨웠다고 지나가던 사람을 붙잡고 시비를 걸었지. 재봉사하고는 부활절이 되기도 전에 새 옷을 지었다고 싸우고, 새 신에 헌 끈을 끼웠다고도 싸우고. 그러면서 나에게 싸우지 말라고 가르쳐?

벤볼리오 내가 자네처럼 시비 걸기를 좋아한다고 해보세. 그럼 누군가 내 생명을 사 간다면 한 시간 십오 분 치만 사가면 될 걸세.

머큐쇼 생명을 사 간다니. 참나!

(티볼트와 그 밖의 사람들 등장)

벤볼리오 저것 봐! 캐풀렛 놈들이다.

머큐쇼 올 테면 오라지.

티볼트 바짝 뒤따라오게. 내가 저놈들에게 말을 걸 테니.

안녕하시오. 두 분 가운데 한 분에게 한 말씀만 물읍시다.

머큐쇼 우리 가운데 한 명하고만 말하겠다? 말의 나머지를 채워 하시지. 한 말씀 하고 한번 싸우겠다고.

티볼트 그럴 준비도 되어 있지. 기회만 준다면야.

머큐쇼 기회를 주기 전에 그쪽에서 먼저 기회를 만들 생각은 없나?

티볼트 머큐쇼, 자네는 로미오와 쿵짝이 잘 맞는 친구라지?

머큐쇼 쿵짝이 잘 맞는다니, 누굴 거지 악사 무리로 아나? 그래. 거지 악사들이라 치자. 불협화음 한번 들려줄까? 자, 춤을 추지 그래. 망할! 쿵짝이 맞는다고?

벤볼리오 여기는 사람들이 오가는 큰길이야. 어디 조용한 곳에 가서 불만을 냉정히 따지든지, 아니면 이대로 헤어지세. 여기서는 모두가 우리를 지켜보고 있네.

머큐쇼 눈이야 보라고 달려 있는 것이니 볼 테면 보라지. 남 좋게 하자고 비켜설 생각은 없네.

(로미오 등장)

티볼트 머큐쇼, 이걸로 자네와는 그만하지. 내가 찾던 놈이 나타났으니.

머큐쇼 어림없는 소리. 로미오가 네놈 집의 종이라도 되더냐.

결투 장소로 가자. 로미오도 따라갈 테니.

그렇게 되어야 로미오를 네 멋대로 부를 수 있을 게다.

티볼트 로미오, 네놈을 아무리 잘 대하려 해도 네놈에 대한 호칭은 이것밖에 안 될 거다. 이 나쁜 새끼!

로미오 티볼트, 나는 자네를 잘 대해야 할 이유가 있으니 그런 욕에도 참겠네. 나는 나쁜 놈이 아니네. 그러니 좋게 헤어지세. 자네는 나를 잘 모르는 것 같군.

티볼트 나쁜 놈, 그렇다고 일전에 네가 나에게 준 모욕을 잊을 것 같으냐? 어서 돌아와 칼을 뽑아라!

로미오 분명히 말하지만 나는 자네를 모욕한

적이 없네.

오히려 나는 자네가 상상하는 것보다 더 많이 자네를 좋아하네.

때가 되면 왜 내가 자네를 좋아하는지 알게 될 거야.

그러니 캐풀럿, 내가 나 자신의 이름만큼 소중히 여기는 캐풀럿, 그만 진정하게.

머큐쇼 이렇게 맥없이 굴복하다니. 불명예스럽고 수치스럽구나. 일격으로 승리하면 그만일 것을.

(칼을 뽑는다)

티볼트, 이 쥐새끼야. 이리 나와라!

티볼트 나에게 원하는 게 뭔가?

머큐쇼 너는 티볼트가 아니라 고양이 왕 티버트다. 나는 티버트의 목숨 아홉 개 중에 하나를 갖겠다. 네 태도를 보고 나머지 여덟 개마저 갖든지 하지. 칼집에서 칼을 빼라. 어서 뽑아라. 뽑지 않으면 이 칼로 네놈 귀를 날려 버리겠다.

티볼트 오냐, 덤벼라.

(칼을 뽑는다)

로미오 머큐쇼, 제발 칼을 거두게.

머큐쇼 그래, 네놈의 칼 솜씨 좀 구경하자.

(싸운다)

로미오 벤볼리오. 칼을 뽑아 이들의 검을 쳐서 떨어뜨리게.

이봐, 이렇게 난폭하게 굴다니 부끄럽지도 않나? 티볼트, 머큐쇼! 영주님이 베로나 거리에서 싸우는 것을 금지시킨 일을 잊었나?

그만둬, 티볼트! 머큐쇼!

(티볼트가 로미오의 팔 밑으로 머큐쇼를 찌르고 무리와 함께 달아난다)

머큐쇼 당했다.

망할 놈의 두 집구석. 나는 끝났네.

놈은 달아났나? 상처 하나 없이?

벤볼리오 당했다고?

머큐쇼 찔렸어. 아아, 꽤 깊은데.
내 하인은 어디에 있나? 가서 의사를 불러와라.
(하인 퇴장)

로미오 기운 내게, 친구. 상처는 그리 깊지 않아.

머큐쇼 우물처럼 깊거나 성당처럼 넓은 건 아니지만, 충분히 크네. 내일 날 찾아보게. 무덤 속에 있을 테니. 장담하는데 이 세상은 이것으로 끝이구나. 빌어먹을 두 집구석. 빌어먹을! 개, 쥐, 새앙쥐, 고양이 같은 놈에게 당하다니! 책이나 읽고 허풍 떠는 칼잡이에게, 깡패, 악당 같은 놈에게! 대체 너는 왜 끼어든 거야? 네 팔 밑에서 다쳤다고!

로미오 말리려던 것이 그만.

머큐쇼 벤볼리오. 날 근처의 집이면 어디든 데려다 주게.
어지럽군. 두 집안 모두 망해 버려라.
두 집이 나를 구더기 밥으로 만들었으니.
당했어, 완전히. 집으로 가자고!

(벤볼리오가 머큐쇼를 부축하며 퇴장)

로미오 영주님의 친척이자 나의 진정한 친구인 머큐쇼가 나 때문에 치명상을 입었어. 티볼트의 욕설로 나의 명예도 땅에 떨어졌고. 한 시간 전에 내 사촌이 된 티볼트의 욕설로. 아아, 사랑하는 줄리엣, 당신의 미모가 나를 이토록 나약하게 만들고 강철같이 굳었던 나의 성질도 죽여 놓았구려.

(벤볼리오 재등장)

벤볼리오 아아, 로미오, 로미오. 용감한 머큐쇼가 죽었네.

그의 씩씩한 영혼은 그토록 비웃었던 이 세상을 마다하고 구름 위로 솟고 말았어.

로미오 오늘의 이 불행은 두고두고 화근이 될 거야. 이것은 재앙의 시작이니, 더 큰 재앙이 닥칠 거야.

(티볼트 재등장)

벤볼리오 티볼트가 식식대며 돌아오네!

로미오 머큐쇼를 죽이고 의기양양하게 오는구나.
이제부터 분노가 나를 인도할 것이니 모든 것은 하늘에 맡기겠다.
티볼트, 네가 나에게 했던 나쁜 새끼라는 말을 도로 가져가라. 머큐쇼의 영혼이 우리의 머리 위, 멀지 않은 곳에서 너와 함께 가기 위해 기다리고 있다. 너 아니면 나. 아니면 둘 다. 머큐쇼와 함께 가야 한다.

티볼트 가엾은 녀석. 네놈은 그놈과 함께 왔지. 저승도 같이 보내 주마.

로미오 그것은 이 칼이 결정할 것이다.

(싸운다. 티볼트가 쓰러진다)

벤볼리오 로미오! 어서 가!
사람들이 모여든다. 티볼트는 죽었어.

체포되는 날엔 사형을 피하지 못할 거야.
어서 피하게. 어서!

로미오 아아, 나는 운명의 노리개가 되었구나!

벤볼리오 왜 그러고 서 있나.

(로미오 퇴장)

(시민들 등장)

시민 머큐쇼를 죽인 자는 어디에 있소?
살인자 티볼트는 어디로 달아났소?

벤볼리오 티볼트는 저기 쓰러져 있네.

시민 이봐, 일어나라. 나와 함께 가자고.
영주님의 이름으로 너를 체포한다.

(영주, 몬태규와 캐풀럿, 그들의 부인들, 시민들 등장)

영주 이 소동을 시작한 놈들은 어디에 있느냐.

벤볼리오 오, 영주님. 이 피비린내 나는 싸움의 자초지종을 말씀드리겠습니다.
여기에 쓰러져 있는 자는 로미오가 죽였습니다. 그리고 이 자는 영주님의 친척인 용감한 머큐쇼를 죽였고요.

캐풀럿 부인 티볼트! 나의 조카! 아, 오빠의 아들! 영주님! 오, 나의 조카야! 여보, 우리 집안 사람이 죽었어요!
공정하신 영주님, 우리 가족이 흘린 피의 대가를 몬태규 집안이 치르게 해 주세요.
아, 티볼트야! 조카야!

영주 벤볼리오, 누가 먼저 싸움을 걸었느냐.

벤볼리오 로미오의 손에 죽은 이 티볼트입니다.
로미오는 점잖게 이런 싸움은 무의미하고 영주님의 화를 살 것이라며 간곡히 그를 타일렀습니다.
부드러운 목소리와 침착한 얼굴로 무릎을 굽혀 가며 달랬지만 티볼트는 그런 화해의 말은 무시한 채 머큐쇼의 가슴을 향해 일격을 가했습니다. 역시 흥분한 머큐쇼가 이 공격을 맞받았지요. 그는 칼을 빼 들고 비웃으며 한 손으로 싸늘한 죽음의 칼날을 쳐 내고 다른 손으로 티볼트를 찔렀습니다. 날쌘 티볼트가 이를 되받아치며 공격했습니다. 이때 로미오가 '그만둬, 이 사람들아!' 하고 소리치면서 칼을 뽑아 그들의 칼을 쳐 내며 두 사람 사이로 뛰어들었습니다. 이때 로미오의 팔 밑으로 티볼트의 칼이 들어와 머큐쇼를 찔러 그를 죽였습니다.

티볼트는 달아났다가 곧 돌아왔는데, 로미오가 복수심에 불타 번개처럼 둘이 맞붙어 싸웠습니다. 제가 칼을 뽑아 말릴 겨를도 없이 티볼트는 쓰러져 목숨을 잃었고 로미오는 자리를 피했습니다.

이것이 진상이니, 만약 거짓이 있다면 이 벤볼리오를 죽이십시오.

캐풀럿 부인 저자는 몬태규 집안의 사람입니다.
그러니 집안의 편을 들어 거짓말을 하고 사실대로 말하지 않는 겁니다.
이 흉악한 싸움엔 스무 명이나 대들어 한 사람의 생명을 없앤 겁니다. 그러니 영주님, 공정하게 판결해 주세요. 로미오는 티볼트를 죽였으니 그를 살려 둬서는 안 됩니다.

영주 로미오는 머큐쇼를 죽인 티볼트를 죽인 것이네.
머큐쇼의 귀중한 피의 대가는 누가 치르겠는가?

몬태규 로미오는 아닙니다.
로미오는 머큐쇼의 친구였습니다.
로미오가 티볼트를 죽인 것은 잘못이나,
그는 법이 해야 할 일을 대신 한 것뿐입니다.

영주 바로 그 죄로 로미오를 이곳에서 당장 추방하겠네.
나도 자네들 가문의 어리석은 싸움에 말려들

어 나의 피붙이를 잃었네.
그러니 그대들이 나의 손실을 배상하도록 무거운 벌금을 매기겠네. 탄원이나 변명은 듣지 않겠다. 울고불고 빌어도 이 벌금은 면제될 수 없으니 그리 알라.
속히 로미오를 추방하라. 그가 내 눈에 띈다면 그것이 마지막이 될 것이다. 시체를 치우고 나의 처분을 기다리게.
살인자에게 베푸는 자비는 살인을 조장하는 것이니.

(모두 퇴장)

2장

캐퓰럿의 정원

(줄리엣 등장)

줄리엣 재빨리 달려라. 태양 마차를 이끄는 불붙은 말굽을 단 말들아! 태양신 포이보스가 잠드는 서쪽 바다로! 아드님 파에톤이 마차를 몰았다면 채찍질로 너희를 마구 다그쳐 금세 캄캄한 밤을 가져다주련만.
사랑을 이루어 주는 밤의 여신이여. 어둠의 장막을 쳐다오.
로미오가 남의 눈에 띄지 않고 입방아에 오르

지 않은 채 나의 품으로 뛰어들 수 있도록. 연인들은 그들의 아름다움을 등불로 삼아 어두운 밤에도 사랑을 나누네.
만약 사랑이 눈먼 것이라면 밤의 어둠이야말로 가장 잘 어울리는 짝. 어서 오세요, 검고 수수한 옷차림을 한 밤이여.
어서 오셔서 순결한 남녀가 벌이는 이 싸움에서 지고도 이기는 방법을 알려 주세요. 이 뺨을 붉게 물들이는 이 피를 그대의 검은 옷자락으로 가려 주세요.
지금의 수줍은 사랑이 대담해져서 참된 사랑의 행위를 정숙하다고 여기게 될 때까지.
어서 오세요, 밤이여. 어서 오세요.
밤의 날개를 타고 오는 로미오.
당신은 까마귀 등에 내린 눈보다 더 하얗게 빛나겠지요.
어서 오세요, 부드러운 밤이여.
나의 로미오를 내게 보내 주세요.

그리고 그가 죽으면 그를 데려가 작은 별들로 만들어 주세요.
그러면 그는 하늘을 정말 아름답게 빛낼 것이고 세상의 모든 이는 밤하늘과 사랑에 빠져 태양은 거들떠보지도 않겠지요.
아, 나는 사랑의 집을 샀지만 아직 살아보지도 못하였구나.
로미오는 나를 샀지만 아직 나를 만나지도 못했으니.
오늘은 어찌나 날이 지루한지.
새 옷을 두고도 입어 보지 못하는 축제 전날의 어린아이의 마음이 이럴까. 아, 저기 유모가 온다.

(유모가 줄사다리를 들고 등장)

무슨 소식을 들고 왔겠지? 어떤 목소리로든 로미오의 이름을 말하면 천상의 목소리가 될 거야.

유모, 무슨 소식이야? 그건 뭐야?

로미오가 걸어 두라던 줄사다리야?

유모 네, 그 줄사다리예요.

(줄사다리를 던져 내려놓는다)

줄리엣 어머, 무슨 일이야? 왜 그렇게 손을 비틀고 있어?

유모 아, 큰일 났어요. 그분은 돌아가셨어요.

돌아가셨어요. 죽었다고요!

우리는 끝장났어요. 아가씨, 우린 끝이에요!

세상에, 이럴 수가. 그분이 돌아가시다니!

죽었어요! 죽었다고요!

줄리엣 설마 하늘이 그렇게 무정할까?

유모 로미오 님이 무정하지

하늘이 그런 게 아녜요. 로미오, 로미오!

그런 일을 하리라고 누가 알았을까? 로미오!

줄리엣 유모, 악마처럼 날 이렇게 괴롭힐 거야?

그런 가혹한 말은 지옥에나 어울려요. 로미오

가 자기 손으로 목숨을 끊었다고? '예'라고 말하기만 해 봐.
그러면 그 한마디가 죽음의 눈길을 지닌 코카트리스 독사보다 지독한 독이 될 테니!
만일 '예'라고 한다면 나는 더 이상 내가 아니고, '예'라고 대답한 유모의 눈도 감기게 될 거야. 로미오가 죽었다면 '예'라고 하고, 아니라면 '아니요'라고 말해.
그 짤막한 한마디가 나의 운명을 가를 테니까.

유모 전 상처를 봤어요. 내 눈으로 똑똑히 봤다니까요. — 하느님 맙소사! — 그 남자다운 가슴에 있던 상처를.
불쌍한 주검. 피범벅이 된 가엾은 주검이 잿빛으로 창백하고 온통 피투성이로 여기저기 피가 엉겨 있었어요.
전 그걸 보고 기절할 뻔했어요.

줄리엣 아아, 내 가슴아, 터져 버려라!
이제는 아무것도 남지 않은 내 가슴아.

이 눈은 감옥으로 가서 다시는 자유를 보지 못하리라.
사악한 이 육체여. 흙으로 돌아가 움직이길 멈춰라.
로미오와 함께 한 관에 묻히자.

유모 아아, 티볼트 도련님, 티볼트 도련님.
나의 좋은 친구였는데.
정중하고 고귀했던 신사님.
내가 오래 살아 도련님이 돌아가시는 것을 보는군요.

줄리엣 이건 또 무슨 폭풍 같은 소리야?
로미오가 죽임을 당했는데, 티볼트 오빠마저 죽었다니?
나의 사랑하는 사촌 오빠와 나의 사랑하는 남편이 모두?
나팔이여, 불어라. 세상의 종말을 알려라!
그 둘이 죽었다면, 살아 있는 사람은 누구랴!

유모 티볼트 도련님은 죽었고, 로미오 님은 추

방되셨어요.

티볼트를 살해한 로미오 님이 추방되셨어요.

줄리엣 하느님! 티볼트의 피를 손에 묻힌 사람이 로미오라고요?

유모 네, 그래요. 슬프지만 그래요.

줄리엣 그 잘생긴 얼굴 뒤로 독사의 마음을 숨기고 있었다니!

용이 그토록 아름다운 동굴 속에 살고 있던 예가 있었던가?

아름다운 폭군, 천사 같은 악마,

비둘기의 깃털을 단 까마귀,

늑대처럼 탐욕스러운 어린양,

신의 겉모습을 한 더러운 속셈,

진실해 보이는 것의 정반대,

저주받은 성인, 명예로운 악당,

아아, 자연이여. 그렇게 아름다운 육체의 낙원에 악마의 혼을 깃들여 두다니,

지옥에서 무슨 일을 하는 것이냐.

그토록 아름다운 책에 이토록 추악한 내용을 담다니. 아, 그토록 고귀한 궁전에 이런 간교함이 살고 있었다니!

유모 남자들에겐 믿음도, 신뢰도, 정직도 없어요. 하나같이 거짓으로 맹세하고, 맹세한 걸 지키지도 않고, 하나같이 사악하고 위선을 떤다니까요.

그런데 하인은 어디 갔지? 술을 좀 가져오너라. 이런 비탄과 불행과 슬픔으로 내가 늙는다니까.

로미오란 녀석, 빌어먹어라!

줄리엣 그런 악담을 퍼붓는 유모의 혀나 빌어먹길!

그분은 그런 악담을 당할 만한 분이 아니에요. 그의 이마는 그런 치욕이 가까이할 만한 곳이 아니에요.

그의 이마는 세계의 유일한 왕으로서 군주의 명예가 올라앉기에 적당한 옥좌예요. 아, 그런 그분을 원망하다니 나도 정말!

유모 아가씨의 사촌 오빠를 죽인 사람을 두둔하는 거예요?

줄리엣 그럼 내 남편을 욕할 수 있어요?

아, 가엾은 나의 로미오. 세 시간 전에 당신의 아내가 된 나도 당신의 명예를 망쳐 놓았는데, 이제 그 누가 그대 이름의 명예를 지켜 주겠어요. 하지만 나쁜 사람, 어째서 내 사촌 오빠를 죽이셨어요? 하지만 그렇지 않았다면 사촌 오빠가 그이를 죽이려 들었을지 몰라. 도로 들어가라, 어리석은 눈물이여. 슬픔에 흘러야 할 것을 기쁨에 바쳤구나. 티볼트가 죽이려던 내 남편은 살아 있고, 내 남편을 죽이려던 티볼트는 죽었구나. 이것은 기쁨인데 어째서 눈물이 나오는 거지?

티볼트의 죽음보다 더 끔찍한 말 한마디가 나를 죽이는구나.

그 한마디는 잊어버렸으면 좋으련만, 그 말이

나의 기억에 들러붙어 떨어지지를 않는구나. 죄지은 기억이 죄인의 마음에서 떨어지지 않듯이.

'티볼트는 죽었고, 로미오는 추방되었다'니. 추방, 추방이라는 말 한마디는 티볼트가 만 명도 더 죽었다는 말과 같구나. 티볼트가 죽었다는 소식도 충분히 슬프지만, 슬픔은 다른 슬픔과 함께 오는 법.

'티볼트가 죽었다.'고 했을 때, 왜 '아버님도' 혹은 '어머님도' 아니면 '두 분 모두'라는 말이 따라오지 않았는가. 그랬다면 마땅히 해야 할 애도와 비탄을 보였을 게 아닌가. 그러나 티볼트의 죽음을 알리는 말에 '로미오는 추방되었다.'라는 말은 아버지와 어머니, 티볼트, 로미오, 줄리엣이 모두 죽었다는 말과 다를 것이 없어.

'로미오는 추방되었다'는 말이 뜻하는 슬픔은 끝도 한계도 범위도 없어. 그 슬픔을 무엇으로 표현한다? 그런데 유모, 아버지와 어머니는 어디 계시지?

유모 티볼트 도련님의 시체를 붙잡고 울고 계세요.

가 보시겠어요? 그리로 안내할게요.

줄리엣 눈물로 오빠의 상처를 씻고 계시구나.

부모님의 눈물이 마르면 나는 추방된 로미오를 두고 눈물을 흘려야지. 그 줄사다리는 치워요. 불쌍한 줄사다리.

너와 나는 속았구나. 그이는 너를 내 침실로 통하는 길로 삼으려 했는데. 이제 나는 처녀이자 과부로 죽을 거야.

줄사다리야, 가자. 유모, 나는 신방으로 가겠어. 로미오가 아닌 죽음에 내 순결을 바치겠어.

유모 아가씨, 방으로 가세요. 내가 로미오 님을 찾아서 아가씨를 기쁘게 해 드릴게요. 그분이 가 계실 만한 곳을 알아요. 내 말 잘 들어요. 아가씨의 도련님은 틀림없이 오늘 밤 이곳으로 오실 거예요. 제가 그분께 갔다 올게요. 도련님은 로렌스 신부님의 방에 있을 거예요.

줄리엣 그래, 로미오를 찾아 줘! 그이에게 이 반지를 드리고 마지막 작별인사를 위해 꼭 오시라고 전해 줘.

(모두 퇴장)

3장

로렌스 신부의 사제관

(신부 등장)

로렌스 신부 로미오, 이리 나오너라. 겁에 질려 있구나. 재앙이 자네의 품성에 반했으니, 자네는 재앙과 혼인했군.

(로미오 등장)

로미오 신부님, 무슨 소식입니까? 영주님이 어떤 판결을 내리셨지요? 제가 아직 알지 못하는 어떤 슬픔이 저와 사귀고 싶어 합니까?

로렌스 신부 로미오, 자네는 이미 그런 슬픔과 깊이 사귀어 왔지.
영주님의 판결을 알아 왔네.

로미오 사형선고 말고는 없겠지요.

로렌스 신부 그보다는 너그러운 것이네.
사형이 아니라 추방이야.

로미오 아, 추방이요? 차라리 자비를 베푸시어 '사형'이라고 말씀해 주세요. 추방은 사형보다 더 무서우니, 추방이라는 말씀은 마세요.

로렌스 신부 베로나에서 추방된 것뿐이니 참게.
세상은 넓고 크니.

로미오 베로나의 성벽 밖에는 그런 세상이 없습니다.
고통과 고난과 지옥만이 있을 뿐. 이곳에서 추방되는 것은 세상에서 추방되는 것이며, 추방은 곧 죽음을 뜻할 뿐입니다.
그러니 추방은 사형의 다른 이름입니다. 추방

이라는 말씀은 금도끼로 제 목을 치고, 절 죽인 솜씨에 대고 웃는 격입니다.

로렌스 신부 이 배은망덕이야말로 어찌나 무서운 죄악인지!

자네의 죄는 사형으로 처벌해야 마땅하나 영주께서 자비를 베푸셔서 자네 편을 들고 법을 굽혀 추방을 명하셨단 말이야.

자네는 그것을 보지 못하는가?

로미오 그것은 자비가 아니라 고문입니다.

천국은 줄리엣이 살고 있는 바로 이곳입니다.

하찮은 개와 고양이, 생쥐들도 이곳 천국에 살며 그녀를 볼 수 있는데 나에게만은 그것이 허락되지 않으니.

썩은 고기에 날아드는 파리 떼가 나보다 더 가치 있고 더 명예로우며 존귀합니다.

파리들은 줄리엣의 하얀 손 위에 앉고, 닿는 것조차 죄라고 느끼는 그 붉고 순진하며 순결한 입술에서 영원한 축복을 훔칠 수도 있습니다.
파리에게도 허락된 것을 두고 나는 떠나야 하는군요.
파리들은 자유로우나, 저는 추방되어야 합니다. 이래도 사형이 죽음이 아니라고 하십니까.
신부님이 만드신 독약으로, 날카롭게 간 칼로, 그 외에 다른 방법으로 저를 죽일 수도 있는데 그런데 왜 하필 '추방'이라는 단어로 저를 죽이십니까?
오, 신부님! '추방'이라는 말은 지옥에 있는 이들의 울부짖음이에요.
신부님은 성직자이시고, 참회를 들어주시고, 죄를 사하여 주시는 분이시면서, 세상이 아는 저의 친구이시면서, 어째서 '추방'이라는 단어로 저를 이리 난도질하십니까?

로렌스 신부　이 어리석고 미친 친구야! 내 말 좀 들어 보게.

로미오　아아, 또 추방 이야기를 하시려고요.

로렌스 신부 그 말을 막아 낼 갑옷을 주마.

어려움을 달콤하게 만들어 줄 우유 또는 철학이랄까.

비록 추방당하더라도 네게 위로를 줄 게다.

로미오 또 추방이라고 하시는군요.

철학 따위는 벽에 걸어 두세요.

철학은 줄리엣을 만들어 낼 수 없고, 도시를 옮겨 놓을 수도 없고, 영주님의 판결을 취소할 수도 없어요.

그럴 바엔 철학이 다 무슨 소용인가요. 이제 더는 아무 말씀도 하지 마세요.

로렌스 신부 미치광이에게는 듣는 귀가 없구나.

로미오 당연하지요. 똑똑한 이도 보는 눈이 없지 않습니까.

로렌스 신부 함께 네 처지에 대해 얘기해 보세.

로미오 겪어 보지 않은 일을 말씀하실 수는 없어요.

신부님께서도 저처럼 젊을 때 줄리엣 같은 사

랑이 있었고, 결혼한 지 한 시간 만에 티볼트 같은 이를 죽여 보셨나요?

저처럼 사랑에 미친 듯이 빠지고 추방당해 보셨나요?

그랬다면 신부님도 저처럼 머리를 쥐어뜯고 바닥에 쓰러져 누워 파지도 않은 무덤의 치수를 재고 계실 테니까요.

(문을 두드리는 소리)

로렌스 신부 일어나라! 누가 문을 두드린다.

로미오, 몸을 숨기게!

로미오 싫습니다. 이 비통한 한숨의 숨결이 안개처럼 저를 둘러싸서 숨겨 준다면 모르지만.

(문을 두드리는 소리)

로렌스 신부 문을 두드리고 있지 않나! 누구지?

로미오,

일어나! 잡히면 끝이라고. 일어서! 어서!

(문을 두드리는 소리)

서재에 숨어 있거라. — 곧 갑니다! — 하느

님 맙소사!
이게 무슨 어리석은 짓이냐. — 예, 갑니다! 가요!

(문을 두드리는 소리)

누구신데 이렇게 문을 심하게 두드리시오? 어디서 오셨습니까? 무슨 일이신지요?

유모 (안에서) 들여보내 주시면 무슨 용무인지 말씀드리지요.
저는 줄리엣 아가씨가 보내셔서 왔어요.

로렌스 신부 그렇다면 들어오시지요.

(유모 등장)

유모 아, 신부님. 말씀해 주세요, 신부님.
우리 아가씨의 낭군님은 어디 계세요?
로미오 님은 어디 계시죠?

로렌스 신부 저기 저 바닥에 제 눈물에 취해 자빠져 있소.

유모 우리 아가씨와 똑같군요! 꼭 저러고 계신데.

로렌스 신부 그것 참 마음 아픈 일치, 가엾은 신세군요.

유모 아가씨도 저렇게 누워 울고불고 하고 있어요.

일어나세요. 어서! 사나이라면 일어나세요.

줄리엣 아가씨를 위해서 얼른 일어나세요. 어쩌자고 그렇게 엎드려 한숨만 쉬고 있어요.

로미오 (일어나면서) 유모…….

유모 네, 네! 죽으면 만사가 다 끝장이잖아요.

로미오 줄리엣이라고 했지요?

줄리엣은 어떻게 하고 있어요?

나를 상습적인 살인자로 알겠지요. 갓 피어난 우리의 행복을 그의 친척의 피로 적셔 놓았으니.

어디에서 무얼 하고 있나요?

내 비밀의 아내는 우리의 깨어진 사랑을 두고

뭐라고 하던가요?

유모 아무 말도 없이 울고만 있어요.

침대에 쓰러졌다가 벌떡 일어나서는 티볼트를 부르고 로미오를 부르고 다시 쓰러져요.

로미오 로미오라는 이름의 활에서 날아간 화살에 맞은 기분이겠지요. 그 이름을 가진 자의 손에 피붙이를 잃었으니.

신부님, 제 몸 어느 곳에 그 사악한 이름이 들어 있는 겁니까.

찾아서 부숴 버리겠어요.

(로미오가 자신을 찌르려 한다)

로렌스 신부 그 멍청한 짓을 당장 그만둬라. 네가 사내냐? 겉모습은 사내 같지만 그 눈물은 계집애의 눈물이고, 그런 미친 짓은 보기 싫은 짐승의 것이다.

사내처럼 보이면서 계집애처럼 굴고 있구나.

아니라면 흉측한 짐승처럼 굴고 있구나.

자네는 정말 나를 놀라게 하는구나.

자네가 이것밖에 안 되는지 몰랐네.
자네는 티볼트를 죽이지 않았는가?
그런데 이제는 스스로 죽겠다고?
자네는 자네만 바라보는 아내마저 죽일 생각인가?
어쩌자고 자네의 출생과 영혼과 육신을 저주하는가?
출생과 영혼과 육신이 조화를 이뤄 자네라는 생명을 이룬 것인데 그것을 한순간에 팽개치겠다는 것이냐?
자네는 외모와 사랑과 이성을 모독하는구나.
자네는 구두쇠처럼 이 모든 것을 가지고 있으면서도 쓰려고 하지 않는다. 잘 쓰지 못한다면, 자네의 훌륭한 외모도 용기를 갖추지 못하면, 밀랍 인형과 다를 게 없네.
맹세로 맺은 자네의 사랑도 자네가 죽으면 거짓말이 되고, 외모와 사랑을 장식할 자네의 이성도 이 둘을 인도하지 못하면 미숙한 병사의 화약통에 담긴 화약처럼 무지의 탓으로 불이 붙어 스스로를 산산조각 낼 것이다. 벌떡 일어나라!

자네가 죽어도 좋을 듯이 사랑한 줄리엣은 살아 있으니 자네의 행운이 아닌가. 티볼트는 자네를 죽이려 했으나 자네가 티볼트를 죽였으니 이것도 자네의 행운이다.

사형을 선고할 줄 알았던 판결이 자네를 두둔해 추방을 명했으니 이것 역시 자네의 행운이다.

행운의 보따리가 자네의 등 뒤로 쏟아지고, 행복의 여신이 가장 좋은 옷을 걸쳐 입고 자네에게 미소를 보내고 있는데, 버릇없는 계집애처럼 심술궂게 자신의 행운과 사랑을 이기죽거리고 있다니.

그만두게, 그만둬! 그러다가는 비참하게 죽는다네.

약속대로 어서 줄리엣을 찾아가게.

방으로 올라가 위로해 주게.
하지만 성문이 닫히고 순찰을 돌 때까지 머물러선 안 된다.
그러면 만토바로 떠날 수 없으니. 그곳에서 지내는 동안 나는 기회를 봐서 둘의 결혼을 발표하고 두 집안을 화해시킨 다음 영주의 용서를 빌겠네. 그때는 비탄에 잠겨 떠난 자네에게 수천, 수만 배의 기쁨이 있을 게 아니냐.
유모, 앞장서서 아가씨에게 안부를 전하고 집안 식구들이 일찍 잠자리에 들도록 전하세요.
상심이 깊을수록 일찍 잠자리에 드는 법이지만.
로미오도 곧 뒤따라갈 것이오.

유모 이런 말씀이라면 신부님의 말을 밤새 듣고 싶네요.
참으로 현명하시기도 하지! 신부님.
얼른 가서 아가씨께 알려 드릴게요.

로미오 그러세요. 그리고 날 꾸짖을 준비도 하

고 계시라고 전해요.

유모 이건 아가씨가 전하라고 하신 반지예요. 서두르세요. 벌써 늦었네요.

(퇴장)

로미오 이 반지가 내게 얼마나 위안을 주는지!

로렌스 신부 어서 가게. 잘 가게. 그리고 자네가 할 일은 이렇다네. 성문에 파수꾼이 서기 전에 떠나든지, 아니면 동이 틀 무렵에 변장을 하고 떠나게.

잠시 만토바에 가 있으면 내가 자네 하인과 연락해 이곳의 소식을 일일이 전하겠네. 손을 이리 주게.

늦었군. 잘 가게. 좋은 밤이 되길.

로미오 기쁨보다 더한 기쁨으로 불려 가지 않는다면, 신부님과 이렇게 헤어지는 것은 큰 슬픔입니다.

안녕히 계세요.

(모두 퇴장)

4장

캐풀럿의 집 어느 방

(캐풀럿과 그의 부인, 패리스 등장)

캐풀럿 뜻밖의 불행한 일이 일어나
딸에게 혼인에 관해 이야기할 틈이 없었구려.
내 딸은 티볼트를 굉장히 좋아했다오.
나도 물론 그랬소. 사람은 태어나면 죽기 마련이지만.
너무 늦었으니 딸은 내려오지 않을 거요.
사실 백작이 온다고 하지 않았으면 나도 한 시간 전에 잠자리에 들었을 거요.

패리스 애도를 보내야 할 이런 때에 청혼을 할 수는 없지요. 안녕히 주무십시오, 부인. 따님께 안부를 전해 주세요.

부인 그리하겠습니다. 내일 아침 딸애에게 속내를 물어보시지요.

오늘 밤엔 온통 슬픔에 파묻혀 있으니까요.

캐풀렛 패리스 백작, 내 감히 내 딸의 사랑을 약속하리다. 딸애는 내 뜻을 따를 거요.

기꺼이 따르겠지. 그럼! 장담하오.

부인, 잠자리에 들기 전에 그 애에게 가서 패리스 백작의 사랑을 전하시오.

듣고 있소? 그리고 오는 수요일에…….

아니, 그런데 오늘이 무슨 요일이었더라?

패리스 월요일입니다.

캐풀렛 월요일이라? 하하, 그럼 수요일은 너무 급하군.

그럼 목요일로 하지요. 목요일에 이 귀하신 백작님과 혼인을 하게 될 것이라 전하시오.

준비가 되겠소? 이리 서둘러도 되겠지요?
대단하게 치를 것 없소. 몇몇 친척만 초대할 것이니.
티볼트가 죽은 지도 얼마 안 되었는데 너무 성대하게 잔치를 벌인다면 친척을 소홀이 여기는 것처럼 보일 것이오.
그러니 친척들 대여섯 명만 초대하겠소.
목요일이 괜찮으시겠소, 백작?

패리스 내일이 목요일이길 바랄 정도입니다.

캐퓰럿 좋소. 그럼, 안녕히 가시오. 목요일에 하는 것으로 합시다. 부인은 잠자리에 들기 전에 줄리엣에게 가 신부가 될 준비를 하라 이르세요. 잘 가시오, 백작.
거기 누구 없느냐? 내 방에 불을 밝혀라. 아이고! 벌써 이렇게 밤이 깊어 조금 더 있으면 날이 새겠구만. 그럼 잘 가시오.

(모두 퇴장)

5장

캐풀럿의 정원

(로미오와 줄리엣이 창문 앞으로 등장)

줄리엣 벌써 가시려고요? 날이 밝으려면 아직 멀었는데?
당신 귀를 불안하게 괴롭히는 저 소리는 종달새가 아니라 나이팅게일의 소리예요.
저 새는 밤바다 저기 저 석류나무 위에서 울지요.
내 말 믿어요. 정말 나이팅게일이에요.
로미오 종달새였어요. 아침이 오는 것을 예고

하는 전령.

나이팅게일이 아니에요. 보세요. 심술궂은 빛줄기가 동녘 하늘의 뭉게구름을 조각하고 있잖아요.

밤의 촛불은 다 타 버렸고 의기양양한 아침 해가 안개 낀 산꼭대기에서 발돋움하고 있어요.

목숨을 부지하려면 나는 이곳을 떠나야 해요.

그냥 머물다가는 이곳에서 죽게 될 거예요.

줄리엣　저기 저 빛은 햇빛이 아니에요. 당신의 횃불이 되어 만토바로 가시는 길을 비춰 줄 유성이지요.

그러니 좀 더 계세요.

아직 떠나실 필요 없어요.

로미오　그렇다면 잡혀 가도 좋고, 죽어도 좋아요. 당신의 뜻이 그러하다면 나는 만족해요.

저기 저 희미한 빛줄기는 아침의 눈이 아니라 달의 여신 아르테미스의 이마에서 반사되는 빛줄기라고 하지요.
저 위의 창공을 울리는 저 소리도 종달새의 소리가 아니고요.
사실은 나도 가기보다는 머물러 있고 싶으니.
죽음아, 어서 오너라. 환영이다! 줄리엣이 원하니.
어때요, 줄리엣? 이야기나 합시다.
아직 아침은 오지 않았어요.

줄리엣 아침이에요. 아침이에요! 어서 이곳을 떠나세요!
저기서 종달새가 음정도 맞지 않게 거칠고 불쾌한 소리를 내고 있네요. 종달새의 노랫소리가 달콤하다고 누가 그랬죠?
그렇지 않은데. 우리를 이렇게 떼어 놓는데 말이에요.
종달새와 징그러운 두꺼비가 눈을 맞바꾸었다는 말이 있지요.
이제는 목소리도 바꿔 주었으면!

저 소리가 껴안고 있는 우리를 떼어 내고 아침을 알리는 목소리로 당신을 떠나도록 내몰고 있으니!

아아, 이제 가세요! 점점 더 밝아지네요.

로미오 날이 밝을수록, 우리의 슬픔은 어두워지는군요.

(유모 등장)

유모 아가씨!

줄리엣 왜요, 유모?

유모 마님께서 방으로 올라오고 계세요.

날이 밝았으니, 조심하세요. 주의하시고요.

줄리엣 그렇다면 창문아, 아침빛을 들여보내고 이분을 내보내렴.

(유모 퇴장)

로미오 안녕, 안녕히! 한 번만 더 키스하고 내려가겠소.

줄리엣 이렇게 가시는군요. 나의 신랑, 나의 사랑, 나의 친구.

매일 매시간 당신의 소식을 듣고 싶어요.

일 분도 며칠처럼 느끼질 거예요. 아, 이런 식으로 셈하다간 다음에 뵐 때까지 아주 오랜 세월이 지나야겠구나.

로미오 안녕히! 나의 안부와 사랑을 당신에게 전할 기회가 있다면 반드시 소식을 전할게요.

줄리엣 아, 우리가 다시 만날 수 있을까요?

로미오 물론이지요. 훗날 지금의 슬픔은 모두 재미있는 이야깃거리가 될 거예요.

줄리엣 아, 왜 이렇게 불길한 마음이 들까.

그대가 그렇게 아래에 내려가 계시니 무덤 속의 시체처럼 보여요.

내 눈이 이상한 건지, 당신의 안색이 창백한 건지.

로미오 내 사랑. 내 눈에도 당신이 꼭 그렇게 보이네요.

목마른 슬픔이 우리의 피를 빨아 마시고 있는가 봐요.

안녕, 안녕히!

(로미오 밑으로 퇴장)

줄리엣 아, 운명의 여신이여! 모두가 너를 변덕쟁이라 불러도 그 변덕이 나의 님과 무슨 관계가 있단 말이냐?

변덕을 부리고 싶다면 부려 봐라. 그러면 로미오를 하루빨리 보내 줄지도 모르는 일이니까.

캐풀럿 부인 (안에서) 줄리엣, 얘야, 일어났니?

줄리엣 누구시지? 어머니다.

아직도 안 주무신 걸까, 일찍 일어나신 걸까?

무슨 일로 이렇게 찾아오셨지?

(캐풀럿 부인 등장)

캐풀럿 부인 좀 어떠니, 줄리엣 ?

줄리엣 별로 좋지 않아요, 어머니.

캐풀렛 부인 언제까지 네 사촌의 죽음으로 울고 있을 거니?
네 눈물로 무덤 속의 그 애를 떠나보내려 하니? 그러나 눈물로 떠나보낼 수는 있어도 그 애를 다시 살릴 수는 없다.
이제 그만 울어라.
적당히 슬퍼하는 것은 깊은 애정의 표시이나 지나치게 슬퍼하는 것은 분별력이 부족하다는 증거란다.

줄리엣 그렇지만 이러한 상실엔 실컷 울게 두세요.

캐풀렛 부인 그래. 상실감은 크겠지만, 그렇다고 그 애가 살아 돌아오는 것은 아니잖니.

줄리엣 상실감이 너무 커서 울지 않을 수가 없어요.

캐풀렛 부인 울려면 네 사촌이 죽었다는 사실에 울지 말고 네 사촌을 죽인 악당이 살아 있다는 것에 울려무나.

줄리엣 무슨 악당이요, 어머니?

캐풀럿 부인 그 로미오라는 악당 말이다.

줄리엣 (방백) 그분은 악당과 한참 거리가 멀어요.

하느님이 그분을 용서하시길! 저는 이미 온 마음을 다해 그를 용서했답니다. 그러나 그분만큼 제 마음을 아프게 한 이도 없어요.

캐풀럿 부인 그 악한 살인자가 버젓이 살아 있기 때문이다.

줄리엣 네, 어머니. 그 사람이 제 손에 닿지 않는 곳에 살고 있어서요. 아, 나의 사촌의 죽음을 나 혼자 복수할 수 있다면!

캐풀럿 부인 꼭 복수할 테니 걱정하지 마라.

그리고 그만 울어라.

내가 추방당한 그놈이 머물고 있는 만토바로 사람을 보내어 독약을 먹이고 곧장 티볼트 곁으로 보낼 테니. 그러면 되지 않겠니.

줄리엣 그를 볼 때까지, 죽어 있는 로미오를 볼

때까지는 저는 만족하지 못할 거예요.
제 가여운 가슴은 사촌 오빠의 죽음으로 너무 괴로워요. 어머니, 어머니가 독약을 가지고 갈 사람을 구해 주신다면, 제가 독약을 만들게요.
로미오가 마신다면 곧 잠들어 버릴 약을요.
아, 이름을 듣고도 그에게 가지 못하니, 내가 사촌 티볼트에게 품은 사랑을 그를 죽인 이에게 가져가려 해도 하질 못하니, 제 가슴이 너무 요동쳐요.

캐풀럿 부인 그렇다면 네가 독약을 구하거라.
나는 그걸 전달할 사람을 찾을 테니.
하지만 줄리엣, 내게 전할 기쁜 소식이 하나 있단다.

줄리엣 이렇게 슬픈 때에 기쁜 소식이라니요?
무슨 소식이에요, 어머니?

캐풀럿 부인 네 아버지가 얼마나 자상하신 분인지.
아버지께선 네 슬픔을 덜고자 갑작스러운 경

사를 잡으셨단다.

너도 그렇지만 나도 뜻밖의 일이다.

줄리엣 잘됐네요, 어머니. 그런데 그게 무슨 일이지요?

캐풀렛 부인 돌아오는 목요일 아침에,

젊고 용감하고 집안이 좋은 패리스 백작이 성 베드로 성당에서 널 행복한 신부로 맞아들일 거란다.

줄리엣 성 베드로 성당과 성 베드로님에 맹세코 전 그곳에서 그분과 결혼하지 않겠어요!

남편 될 사람이 제게 구애하러 오기도 전에 결혼식 먼저 치러야 하다니. 이렇게 급히 서둘러야 할 이유를 모르겠네요.

어머니, 제발 아버지께 아직 전 결혼하지 않겠다고 말씀드려 주세요. 패리스 백작과 결혼하느니, 저는 차라리 로미오와, 제가 그토록 미워하는 로미오와 하겠어요.

맹세해요! 어머니는 정말 놀라운 소식을 전

하시는군요!

캐풀럿 부인 저기 너의 아버지가 오시니 네가 직접 이야기하거라. 네 말을 아버지가 어떻게 받아들이시는지 보자.

(캐풀럿과 유모 등장)

캐풀럿 해가 저물면 하늘에서 이슬이 떨어지는 법이지만 조카의 목숨이 저무니 마구 비가 쏟아지는구나.
좀 어떠냐, 아가야. 아직도 울고 있었던 게냐. 그칠 줄 모르는 소나기 같구나. 그 작은 몸에 돛단배와 바람과 바다가 다 들어 있구나. 네 눈은 바다마냥 눈물로 밀물과 썰물을 이루고, 네 몸은 짜디짠 바닷물 위를 항해하는 돛단배와 같으며, 너의 한숨은 바람과 같이 네 눈물을 휘몰아치고, 네 눈물은 바람으로 휘몰아치니 바람이 잠잠해지지 않는다면 풍랑에 시달리는 네 몸은 돛단배마냥 뒤집히겠다.
부인, 우리의 결정은 알렸소?

캐풀럿 부인 얘기했더니, 감사하나 사양하겠다나요.
이런 바보 같은 아이는 무덤과 부부가 되는 게 낫겠어요!

캐풀럿 부인, 알아듣게 말해 봐요. 알아듣게.
뭐라고 했소? 왜 사양한다는 거요? 고마워 않고?
영광으로 여기지 않고? 저처럼 부족한 딸을 맞이할 과분한 신사를 신랑으로 모셔 왔는데 어째서 조금도 행복하다고 생각하지 않는단 말이오?

줄리엣 아버지의 수고는 영광스럽지 않지만, 감사하게는 여기겠습니다.
제가 싫어하는 것을 영광으로 여길 수는 없지만, 싫어하는 것이라도 주신 것은 사랑으로 여기고 감사하겠어요.

캐퓰렛 저런, 저런, 이 무슨 궤변이냐?
영광이니, 감사니, 감사하지 않다느니, 영광이 아니라니.
이 건방진 녀석. 감사하지 않은 일로 내게 감사하고, 영광이 아닌 일로 내게 영광이라고? 됐다. 몸이나 단장하고 있어라. 돌아오는 목요일에 패리스 백작과 성 베드로 성당에 갈 수 있도록. 네가 정 싫다면 형틀에 묶어 끌고 갈 것이니. 저리 가라! 이 송장같이 퍼런 것, 버르장머리 없는 것, 파리한 낯짝을 저리 치워라!

캐퓰렛 부인 어머나! 세상에, 지금 제정신이세요?

줄리엣 아버지, 이렇게 무릎을 꿇고 빌게요.
부디 참으시고 제 말 한마디만 들어주세요.

캐퓰렛 목이나 매어라, 이 버르장머리 없는 것.
이 불효막심한 것. 내 말 잘 들어라. 목요일에 성당에 가든지 그렇지 않으면 다시는 내 앞에 나타나지 마라.

변명이나 대꾸는 소용없다. 손이 다 근질근질하구나.

부인, 하느님께서 오직 이 딸년 하나만 주실 때는 복인 줄 알았는데 이제 보니 하나도 너무 많구려. 딸년 때문에 이 꼴을 당하니.

저리 가거라. 이 못된 것아!

유모 하느님이 아가씨를 보살펴 주시기를!

나리께서 아가씨에게 너무하시는 것 같아요.

캐풀럿 아니, 이건 또 웬 현명하신 마님인가?

잘난 척하지 말고 그 입 다물고 있게.

썩 물러가 수다쟁이들과 수다나 떨라고!

유모 제가 못 할 말을 했나요?

캐풀럿 저, 저, 저, 저런!

유모 말도 못 하나요?

캐풀럿 닥쳐라! 이 바보 같은 여편네야.

어디서 입을 함부로 놀리느냐. 그렇게 지껄이고 싶으면 나가서 술자리의 수다꾼들과 이야기해라.

캐퓰럿 부인 그만 진정하세요.

캐퓰럿 이런, 미치겠구먼! 낮이나 밤이나, 자나 깨나, 집에서나 나가서나, 혼자 있을 때나 여럿이 있을 때나, 걸을 때나 쉴 때나 늘 딸년의 혼인만을 걱정해 왔는데.

이제 가문 좋고, 젊고, 재산 있고, 교양 있고, 사람들 말마따나 이상적인 남편감을 찾아 주었더니, 이 버릇없는 바보 같은 것이 울고불고 하면서 결혼할 수 없다느니, 사랑할 수 없다느니, 너무 어리다느니, 용서해 달라느니 이따위 소리나 하고 있으니.

그래, 결혼하지 못하겠다면, 내 용서해 주마.

그렇다면, 좋다. 대신 여기서 나가 네 마음대로 하고 살아라.

이 집에서 나와 함께 살 수는 없다. 잘 생각해 봐라.

농담하는 게 아니다. 목요일은 금방이니 가슴에 손을 얹고 잘 생각해라. 네가 정말 내 딸이라면, 나는 너를 내 친구 패리스 백작에게 보낼 것이고, 네가 내 딸이기를 원치 않는다면, 나가서 목을 매달든, 구걸을 하든, 굶어 죽든, 길바닥에서 죽든 어디 마음대로 해 보아라! 나는 너를 내 딸로 인정하지 않을 것이고, 재산도 한 푼 물려주지 않겠다. 허튼소리가 아니니 잘 생각해라. 나는 실없는 소리를 하는 사람이 아니다.

(캐풀럿 퇴장)

줄리엣 제 슬픔을 알아봐 주실 자비의 신은 저 구름 속에도 안 계신가요? 어머니, 절 버리지 마세요. 이 결혼을 한 달만이라도, 일주일만이라도 미뤄 주세요.

그러실 수 없다면 차라리 티볼트가 누워 있는 저 컴컴한 묘지를 제 신방으로 꾸며 주세요.

캐풀럿 부인 듣기 싫다! 너와는 더 이상 말하지 않겠다.

네가 바라는 대로 하려무나. 너와는 더 이상

할 말이 없다.

(캐풀럿 부인 퇴장)

줄리엣 오, 하느님! 오, 유모! 이 일을 어떻게 막지?

나의 남편은 이 땅에 있고, 나의 맹세는 하늘에 있는데?

나의 남편이 하늘로 올라가 맹세를 도로 보내 줄 수도 없고, 이 일을 어쩌면 좋지? 아, 하늘도 무정하시지.

나처럼 연약한 사람을 이런 덫에 빠뜨리시다니.

유모, 뭐라고 말 좀 해 봐요. 기쁜 소식 없어요? 위로가 될 말을 좀 해 줘요.

유모 있지요. 있어요.

로미오 님이 추방되셨으니, 하늘이 무너져도 다시 아가씨에게 돌아오시는 건 불가능해요. 온다고 하더라도 남들 몰래 와야 하잖아요. 그러니 제 생각엔 아가씨는 그냥 백작님과 결혼하시는 게 좋을 것 같아요.
백작님이 얼마나 잘생기셨는데요!
그분에 비견하면 로미오 님은 헝겊 나부랭이지요.
아가씨, 백작님의 눈이 얼마나 파랗고 활기 넘치는지 아주 독수리 눈 저리 가라예요. 마음이 좀 그렇지만, 내가 보기엔 아가씨의 첫 번째 남편보다는 두 번째 남편이 아가씨를 더 행복하게 해 줄 거예요. 아니라고 하더라도 첫 번째 남편은 죽은 거나 마찬가지잖아요.
살아 있어도 아무 소용이 없으니.

줄리엣 진심으로 하는 소리야?

유모 진심이고말고요. 진심이 아니라면 제 마음과 혼이 벼락을 맞을 거예요.

줄리엣 그러길, 아멘!

유모 뭐라고요?

줄리엣 아니야. 유모 덕분에 굉장히 위로가 되었어.

어머니께 내가 아버지를 노여워하게 한 죄를 참회하고 죄를 씻으러 로렌스 신부님께 간다고 말씀드려 줘.

유모 네, 그럴게요. 잘 생각하셨어요.

(유모 퇴장)

줄리엣 망할 할망구! 오, 망측한 마귀 같으니라고!
하늘에 대고 한 나의 맹세를 깨뜨리도록 꾀어내다니!
그렇게 나의 남편을 칭찬하던 그 혀로 내 남편을 욕하다니!
꺼져 버려라. 이제는 유모에게 내 마음을 내보이지 않겠어.
신부님을 찾아가 처방을 여쭤 보아야겠다.
방법이 없대도, 적어도 내 목숨을 끊을 힘은 남아 있으니.

(퇴장)

제4막

1장

로렌스 신부의 사제관

(로렌스 신부와 패리스 백작 등장)

로렌스 신부 목요일이라고 하셨습니까? 시일이 매우 촉박하군요.

패리스 장인어른이 되실 캐풀릿 어르신이 그리 하자고 하십니다. 그렇게 서두르시는 것을 제가 미룰 이유도 없고요.

로렌스 신부 아직 줄리엣 아가씨의 마음을 알지 못한다고 하시지 않으셨습니까? 순서가 뒤바뀌었군요. 걱정스러운데요.

패리스　티볼트의 죽음을 지나치게 슬퍼하고 있어서 물어볼 겨를이 없었습니다.
비너스 여신조차 눈물이 흐르는 집안에는 미소를 보내지 않는다고 하지 않습니까.
아버지는 딸이 지나친 슬픔에 잠겨 있는 것을 위험하다고 여기시고, 눈물의 홍수를 막고자 이렇게 혼사를 서두르시는 거지요.
혼자 있으면 눈물이 한도 끝도 없지만, 친구가 생기면 마르게 되는 법입니다.
이제 이렇게 서두르는 까닭을 아시겠지요.

로렌스 신부　(방백) 차라리 내가 이 혼사를 늦춰야 하는 까닭을 모른다면 좋겠구나.
보십시오, 백작님. 저기 줄리엣 아가씨가 오고 있습니다.

(줄리엣 등장)

패리스　마침 잘 오셨습니다. 나의 아가씨이자

미래의 아내!

줄리엣 그럴지도 모르지요. 만약 제가 당신의 아내가 된다면.

패리스 그 만약이 꼭 실현될 거요. 목요일에요.

줄리엣 그리 말씀하시니 그러겠지요.

로렌스 신부 그거 맞는 말이군.

패리스 신부님께 고백할 것이 있어서 오셨나요?

줄리엣 그 물음에 대답하면 백작님께 고백하는 것이 되겠네요.

패리스 신부님께 나를 사랑한다고 고백하세요.

줄리엣 대신 신부님을 사랑한다고 당신에게 고백하겠어요.

패리스 그럼 나를 사랑한다는 것도 함께 고백하세요.

줄리엣 고백을 하더라도 백작님 앞에서는 하지 않을 겁니다.

앞에서 하는 고백보다 뒤에서 하는 고백이 더 값지니까요.

패리스 가엾게도, 얼굴이 온통 눈물로 얼룩져 있군요.

줄리엣 눈물이 이긴 것도 아니에요.

그 전에도 예쁜 얼굴은 아니었으니.

패리스 그 말은 눈물보다 더 그대의 얼굴을 모독하는 거요.

줄리엣 모독이 아니라 사실이 그래요.

제 얼굴을 두고 한 말이니.

패리스 그대의 얼굴은 나의 것인데, 당신 스스로의 얼굴을 모독하다니요?

줄리엣 그럴지도 모르지요. 제 얼굴은 제 것이 아니니.

신부님 지금 시간 있으신가요?

아니면 저녁 미사에 다시 찾아뵐까요?

로렌스 신부 지금 시간이 있습니다. 가여운 아가씨. 백작님, 그럼 실례하겠습니다.

패리스 물론이지요. 신성한 일을 하시는데.

줄리엣, 목요일 아침 일찍 깨우러 가지요.

그때까지 이 신성한 키스를 잊지 마시오.
안녕히.

(패리스 퇴장)

줄리엣 오, 문을 닫아 주세요. 닫으시거든 이리 오셔서 저와 함께 울어 주세요.
저는 이제 희망도, 구원도, 방법도 없어요.

로렌스 신부 줄리엣, 네 슬픔은 나도 이미 알고 있다.
내 지혜로도 어쩔 수가 없구나.
오는 목요일에 백작과 혼인해야 한다고 들었다. 연기시킬 방법이 없다는구나.

줄리엣 신부님, 들었다는 말씀만 하지 마시고, 어떻게 해야 좋을지 알려 주세요. 만약 신부님의 지혜로도 저를 도우실 수 없다면, 제 결심이 지혜롭다고 말해 주세요.
그러면 즉시 이 칼로 그 결심을 보여 드릴게요.
하느님께서 저와 로미오의 마음을 맺어 주셨고, 신부님께서 저희의 손을 맺어 주셨으니,

신부님의 인도에 따라 로미오에게 바친 이 손이 다른 서약을 맺거나, 이 마음이 다른 마음을 먹기 전에 이 칼로 이 손과 마음을 잘라 버리겠어요.

신부님께서는 오래 사셔서 경험이 많으시니, 어서 무슨 방법이든 말씀해 주세요. 아니라면 보세요.

신부님의 오랜 경험과 지혜로도 이 곤경이 해결되지 않는다면 차라리 이 칼로 결정짓겠어요. 어서 말씀해 주세요, 어서!

말씀해 주시지 않는다면 저는 죽어 버리겠어요.

로렌스 신부　그만해라, 줄리엣.

희망이 전혀 없는 것은 아니다.

우리가 처한 극단적인 상황만큼 그 실행도 필사적이어야 한다.

패리스 백작과 결혼하느니, 자살을 하겠다는 결심이라면, 그런 치욕을 면하기 위해선 목숨을 걸 각오도 되어 있겠지?
죽음과 맞붙이지 않고서는 이 치욕을 면치 못할 것이다.
너에게 그만한 용기가 있다면 그 방법을 알려 주마.

줄리엣 아, 패리스 백작과 결혼하느니 차라리 탑 꼭대기에 올라가 뛰어내리겠어요. 차라리 도둑의 소굴에 들어가거나 뱀 소굴로 들어가겠어요.
아니라면 차라리 곰과 한 기둥에 묶이거나 밤에 덜걱대는 갈비뼈, 냄새나는 정강이뼈, 눈 빠진 해골이 굴러다니는 납골당에 갇히겠어요.
차라리 갓 만들어진 무덤 속에 들어가 수의를 입은 송장과 함께 누워 있으라고 하세요.
전에는 그런 것들이 무서웠지만, 이제 남편을 위해 정절을 지키겠다고 결심하니 하나도 무섭지 않아요.

로렌스 신부 그렇다면 이제 집으로 돌아가 밝

은 얼굴로 패리스 백작과 결혼하겠다고 말하거라. 내일이 수요일이니 내일 밤에 혼자 자거라. 유모를 방에 들이지 말고.
이 유리병을 가져가 침대에 누운 뒤 물약을 모두 마시거라.
물약이 온몸의 혈관을 따라 퍼지면서 싸늘한 졸음이 퍼지고 평소에 뛰던 맥박도 멈추고 네가 살아 있음을 증명하던 체온과 호흡이 멈출 것이다.
네 장밋빛 입술과 뺨은 잿빛으로 변하고, 죽음이 찾아와 생명의 빛을 차단할 때와 마찬가지로 네 눈이 닫힐 것이며, 손발이 싸늘히 굳고 차디찬 시체처럼 될 것이다. 그러나 이러한 가사 상태로 42시간을 지낸 후 너는 잠에서 깨듯 눈을 뜨게 될 것이다.
다음 날 사람들은 너에게 제일 좋은 옷을 입혀 관에 뚜껑을 덮지 않고 캐퓰럿 조상들이 묻힌 가족 묘지로 옮기겠지.

그러면 나는 네가 깨어나기 전에 로미오에게 편지를 보내 우리의 계획을 알리겠다.
로미오는 이곳으로 와 나와 함께 네가 깨어나는 것을 지켜보았다가 그날 밤 당장 둘이 만토바로 떠나게 하겠다.
그렇게 하면 너는 이번의 치욕을 면할 수 있을 것이야. 하지만 변덕을 부리거나 무섭다고 해서 용기를 잃어서는 안 된다.

줄리엣 주세요, 어서 주세요! 무서움이라니 당치 않아요!

로렌스 신부 그렇다면 받아라. 조심히 가거라.
마음을 단단히 먹고 꼭 실행해야 한다.
나는 신부 한 사람을 급히 만토바로 보내 로미오에게 편지를 전하마.

줄리엣 사랑아, 내게 힘을 다오! 사랑의 힘이 나를 도울 거야.
안녕히 계세요, 신부님.

(모두 퇴장)

2장

캐풀럿의 집 연회장

(캐풀럿, 캐풀럿의 부인, 유모, 하인 두세 명 등장)

캐풀럿 너는 여기 이름이 적혀 있는 분들을 초대해라.

(하인 1 퇴장)

너는 가서 솜씨 좋은 요리사를 스무 명만 불러오너라.

하인 2 솜씨 좋은 놈들만 불러오겠습니다. 제가 그놈들이 어떻게 손가락을 빠는지 시험해

볼 테니까요.

캐풀렛 그런 시험으로 어찌 안단 말이냐?

하인 2 나리, 자기 손가락도 못 빠는 놈은 제대로 된 요리사가 아니지요. 그러니까 손가락도 못 빠는 놈은 데려오지 않겠습니다.

캐풀렛 그래, 그럼 가 봐라.

(하인 2 퇴장)

이번엔 시간에 맞춰 제대로 준비할 수 있으려나 모르겠군.

내 딸은 로렌스 신부에게 간 것이냐?

유모 네.

캐풀렛 신부님이 우리 애를 정신 차리게 해 주면 좋겠는데.

고집만 센 불효막심한 녀석 같으니라고.

(줄리엣 등장)

유모 저기 아가씨께서 고해성사를 마치고 밝

은 얼굴로 돌아오시네요.

캐풀럿 어떠냐? 요 고집쟁이야. 어디를 다녀왔느냐?

줄리엣 아버지와 아버지의 뜻에 거역한 죄를 고백하고 왔지요.

신부님이 아버지 앞에 엎드려 용서를 빌라고 하셨어요.

아버지, 용서하세요.

이제부터는 아버님의 말씀에 따르겠어요.

캐풀럿 백작께 사람을 보내어 내 말을 전하거라.

내일 당장 결혼식을 올려야겠다.

줄리엣 사제관에서 그분을 뵈었어요.

정숙함을 넘어서지 않을 정도로 그분께 애정을 보여 드렸어요.

캐풀럿 잘했구나, 잘했다! 당연히 그래야지.

일어나거라. 백작을 만나 봐야겠다. 거기 누구 없느냐?

백작을 모시고 오너라. 정말이지 우리 마을

사람들은 이 거룩하신 신부님의 덕을 보고 있다니까.

줄리엣 유모, 내 방으로 가 나를 도와서 내일 내가 입을 어울릴 만한 옷을 좀 골라 주지 않겠어?

캐풀럿 부인 그건 목요일에 해도 되지 않니? 아직 시간은 넉넉하다.

캐풀럿 아냐, 유모, 어서 가게. 내일 성당에도 가야 하니까.

(줄리엣과 유모 퇴장)

캐풀럿 부인 준비가 부족하지 않을까요?
벌써 날이 저물었는데.

캐풀럿 걱정 마시오. 내가 뛰어다니면 다 잘 될 테니까.
내 장담하지. 부인은 가서 줄리엣의 옷단장이나 도와주시오. 내게 맡기라니까. 내가 안주인 노릇도 할 테니.
거기 누구 없느냐?

다 나갔구나. 그럼 내가 직접 가서 백작을 만나 내일을 위해 준비하라고 일러야겠구나. 이제 마음이 가볍구나.
고집쟁이 딸애가 마음을 고쳐먹었으니.
(모두 퇴장)

3장

줄리엣의 침실

(줄리엣과 유모 등장)

줄리엣 그래, 그 옷이 가장 좋겠어요. 그런데 유모. 오늘 밤은 나 혼자 있게 해 줘.
유모도 알다시피 내가 비뚤어진 성미에 죄를 많이 지었으니 오늘 밤 날이 새도록 기도를 해야 하늘도 용서를 해 주실 거야.

(캐풀럿 부인 등장)

캐풀럿 부인 바쁘니? 내가 도와줄까?

줄리엣 아니에요, 어머니. 내일 결혼식에 필요한 것은 다 챙겨 놓았어요. 부탁이니 이제 절 혼자 있게 해 주세요.
유모도 오늘 밤엔 어머니가 데리고 계세요. 너무 갑작스러운 일이라 어머니도 무척 바쁘실 테니까.

캐풀럿 부인 그럼 잘 자거라. 자리에 누워 푹 쉬거라.

(캐풀럿 부인과 유모 퇴장)

줄리엣 안녕히 계세요! 하느님만이 우리가 언제 다시 만날지 아시겠지요. 싸늘한 공포가 핏줄을 타고 돌며 생명의 온기를 얼어붙게 만드는 것 같구나. 어머니와 유모를 다시 불러 위로를 받으면 나을까? 유모!
아니야. 유모가 무슨 도움이 되겠어?
이 무서운 일은 나 혼자 해내야 해. 자, 유리병아. 하지만 이 약이 효험이 없으면 어떻게 하지?

그러면 내일 아침에 결혼을 해야 하나?

아니야, 아니야. 그건 이 칼이 막아 줄 거야.

이 칼을 여기 뉘여 놓자.

(단검을 내려놓는다)

만약 로미오와 나를 맺어 주신 신부님이, 몰래 결혼시켜 준 것으로 비난을 면하려고 내게 진짜 독약을 주셨다면 어쩌지?

그럴까 봐 두렵긴 하지만, 그럴 리 없을 거야.

그분은 고결한 성직자로 알려져 있으니.

하지만 내가 무덤 속에 누워 있을 때 로미오가 나를 구해 주기도 전에 먼저 깨어나면 어쩌나?

아아, 무서워라! 무덤가의 더러운 입구엔 맑은 공기도 들어오지 않을 텐데, 로미오가 오기도 전에 숨이 막혀 죽는 것은 아닐까? 만약 산다고 해도, 죽음과 밤에 대한 무서운 상상과 묘지에 대한 공포가 손을 잡으면 어쩌지?

수백 년 전에 돌아가신 우리 조상의 뼈가 모두 거기 모여 있을 텐데. 피투성이의 티볼트 오빠도 그곳에서 수의에 싸인 채 썩어 가고 있는데. 밤마다 묘지에는 유령이 모여든다는데. 내가 먼저 깨어나면 어떡하지?

아아, 인간의 몸과 비슷하게 생긴 맨드레이크 뿌리는 뽑힐 때 비명 소리를 내지른다는데, 그런 소리가 들리거나 악취로 인해 내가 먼저 깨어난다면, 그곳에서 나는 미쳐 버리지나 않을까? 미쳐 버려 조상의 뼈를 가지고 놀고, 썩어 가는 티볼트 오빠의 수의를 벗기는 건 아닐까?

완전히 미쳐서, 저 먼 조상의 뼈를 몽둥이 삼아 내 머리통을 부숴 놓는 것은 아닐까. 자신을 찌른 로미오를 찾아 헤매는 사촌 오빠의 유령이 보이는 것 같아. 티볼트! 거기서요! 로미오! 로미오! 내가 가요! 당신을 위해서 건배할게요!

(줄리엣이 약물을 마시고 커튼으로 가려진 침대 위로 쓰러진다)

4장

캐풀럿의 집 연회장

(캐풀럿 부인과 유모 등장)

캐풀럿 부인 유모, 이 열쇠를 들고 가서 향료를 더 가져오게.

유모 주방에선 대추야자니 은행이니 더 가져오라는데요.

(캐풀럿 등장)

캐풀럿 모두 서두르게! 서둘러! 수탉이 두 번

울었네!

새벽종도 울렸으니 벌써 3시네.

이봐, 안젤리카! 구운 고기를 잘 보라고.

비용은 아끼지 말고.

유모 나리께서는 참견하지 마시고, 잠자리에 드세요! 이렇게 밤을 새시다가는 내일 병이 나실 거예요.

캐풀럿 어림없는 소리! 옛날엔 나도 별일 아닌 것에 밤을 새워 봤다고!

그래도 아무 문제없었어.

캐풀럿 부인 아무렴요. 당신도 한창때는 여자 꽁무니 좀 쫓으셨지요.

하지만 이젠 내가 지켜보고 있으니 그럴 생각 말아요.

(캐풀럿 부인과 유모 퇴장)

캐풀럿 질투하는구먼, 질투해.

(서너 명의 하인이 꼬치와 장작, 바구니를 들

고 등장)

그건 뭐냐?

하인 1 요리사가 필요하다던 물건들인데, 뭔지 모릅니다.

캐퓰럿 서둘러라, 서둘러!

(하인 1 퇴장)

여봐라! 이것보다 더 잘 마른 장작을 가져오너라. 피터에게 물어봐라. 장작이 있는 곳을 아니까.

하인 2 저도 머리가 있는데 장작쯤이야 못 찾겠습니까?

이깟 일에 피터를 괴롭힐 수는 없죠.

캐퓰럿 암, 그건 그래! 거참, 재미있는 녀석이군! 너는 앞으로 장작만 날라라.

(하인 2 퇴장)

아이고! 벌써 날이 밝았구나.

백작이 악사들을 데리고 온다고 했으니 곧 오

겠구나.

(안에서 음악 소리)

벌써 가까이 온 모양인데!

유모! 부인! 여봐라! 글쎄, 유모를 부르라니까!

(유모 재등장)

가서 줄리엣을 깨우게. 그리고 몸단장을 시키라고.

나는 가서 백작을 맞이해야 하니. 어서 서두르게!

서둘러! 벌써 신랑이 왔다니까!

서두르게!

(모두 퇴장)

5장

줄리엣의 침실

(침대에는 커튼이 둘러쳐져 있다. 유모 등장)

유모 아가씨, 아가씨! 줄리엣 아가씨!

이 잠꾸러기 아가씨! 정말! 예쁜 아씨! 신부님! 아니, 한마디도 없으시네? 한잠이라도 더 주무세요.

그럼! 오늘 밤엔 패리스 님이 아가씨를 재우려 들지 않을 테니까. 아이고, 입방정. 그건 그렇고, 잘도 자네.

하지만 깨워야겠다. 아가씨, 아가씨! 정말 이

러시면 백작님을 침대로 부를 거예요! 그럼 기절초풍해서 벌떡 일어나시겠지. 안 그래요?

(커튼을 열어젖힌다)

뭐예요. 새 옷을 입고 다시 누우셨어요? 일어나세요.

아가씨, 아가씨, 아가씨! 이런 세상에!

사람 살려요! 도와주세요! 아가씨가 돌아가시다니!

아이구! 세상에! 이런 꼴을 보다니!

생명수를 가져와요! 주인 나리! 마님!

(캐풀럿 부인 등장)

캐풀럿 부인 이게 무슨 소란인가?

유모 아아, 슬프고 슬픈 날이에요!

캐풀럿 부인 무슨 일인가?

유모 보세요, 보세요! 오늘이 무슨 날인지!

캐풀럿 부인 오, 세상에, 세상에! 내 아가, 내 자식. 일어나거라. 눈을 떠라. 나도 함께 죽겠다. 세상에! 도움을! 사람을 불러라.

(캐퓰럿 등장)

캐퓰럿 동네 창피스럽게 무슨 일이오?
어서 줄리엣을 데려오지 않고. 신랑은 벌써 와 있는데.

유모 아가씨가 죽었어요. 돌아가셨다고요.
죽었어요. 오, 이런 날이!

캐퓰럿 부인 아아, 이럴 수가!
줄리엣이 죽었어요. 죽었어요. 죽었다고요!

캐퓰럿 뭐라고? 어디 보자! 아니, 이런! 몸이 차구나. 피는 멈추고 수족이 뻣뻣해. 입술은 생기가 없구나.
들판의 가장 아름다운 꽃에 별안간 서리가 내린 꼴이구나.
죽음이 이 아이 위로 내렸어!

유모 이런 날이!

캐풀럿 부인 세상에 이런 일이!

캐풀럿 딸을 잡아가고 나를 비탄 속에 빠뜨린 죽음이 내 혀까지 꽁꽁 묶어 두고 말을 못 하게 하는구나.

(로렌스 신부와 패리스 백작 등장)

로렌스 신부 신부가 성당으로 갈 준비는 다 되었소?

캐풀럿 준비는 다 되었으나 영영 돌아오지는 못할 겁니다.

오, 사위. 결혼 전날 죽음이 자네의 아내 곁에 누웠다네.

죽음이 꽃 같던 내 딸을 꺾어 버렸네. 죽음이 나의 사위고, 상속자며, 나의 딸이 혼인한 자네. 나도 죽어 모든 걸 다 그놈에게 물려줄 거야. 모든 것이 죽음 그놈의 차지네.

패리스 아침이 오기를 뜬눈으로 기다린 보람이 겨우 이런 꼴을 보여 주는 거요?

캐풀럿 부인 이렇게 슬프고 불행하고 끔찍한 날. 흐르는 세월 속에 이토록 처참한 날이 또 있을까!

하나밖에 없는 무남독녀 내 딸, 내 사랑스러운 딸, 내게 유일한 위안을 주던 외동딸을 무정한 죽음이 앗아 갔구나.

유모 아, 서러워라! 슬프구나! 슬프고도 슬픈 날! 내가 살아서 이런 날을 볼 줄이야!

오, 잔혹하고 흉측한 날이구나. 서러워라!

패리스 죽음은 나를 속이고, 망치고, 상처 주고, 나를 죽이는구나! 이 빌어먹을 죽음아, 네가 나를 망쳤다. 아, 나의 사랑, 나의 생명. 생명 같은 연인이여!

생명을 잃고 죽음과 사랑을 나눴구나.

캐풀럿 세월은 나를 속이고, 괴롭히고, 증오하고, 박해하고, 마침내 나를 죽이네. 무정한 시간이여!

어째서 하필 이날 내 딸을 죽이고 혼사를 망치느냐.

아아, 내 딸. 나의 영혼 같던 내 아기. 너는 죽었구나.

아아, 네가 죽었어. 너와 함께 나의 즐거움도 땅에 묻혔다.

로렌스 신부 진정들 하세요. 보기 흉합니다.

그렇게 떠든다고 죽은 이가 다시 살아 돌아오지 않으니.

이미 댁의 따님은 하느님의 딸이 되었습니다. 이제 하느님의 곁에 있으니 오히려 잘된 것이지요. 그대들은 따님에 대한 그대의 몫을 죽음으로부터 지키지 못했지만 하느님께서는 지켜 주실 것입니다. 그대들은 따님의 신분이 고귀해지기를 바랐습니다. 따님은 천당에서 고귀한 신분이 되지 않았습니까? 그런데 어찌해서 따님이 구름 위 하늘로 높이 출세한 것을 보고도 이리 우신단 말입니까? 그대들이 따님에게 가진 애정은 진정한 애정이 아닙니다. 결혼하고 오래 사는 여자가 행복한 결혼을 한 것이 아니고, 일찍 죽는 여자가 최상의 결혼을 한 것이지요. 눈물을 거두시고, 결혼식에 쓰려던 로즈메리 꽃을 시신 곁에 두세요. 그리고 관례에 따라 시신에 제일 좋은 옷을 입혀 성당으로 운구하세요. 어리석은 인정으로 슬퍼하지 않을 수 없는 일이지만, 인정만 좇다 보면 이성의 비웃음을 사게 됩니다.

캐풀럿 잔치에 쓰려던 꽃이 초상에 쓰이겠구나. 축하 연주를 하려던 악기는 장송곡을 연주하고, 피로연 음식은 장례식 음식이 될 것이며, 축제의 축가는 음침한 장송곡으로, 신방의 꽃은 시신을 장식하니, 모든 것이 거꾸로 돌아가는 날이로구나.

로렌스 신부 안으로 드시지요. 부인과 패리스 백작도 따르시고요. 아름다운 따님을 따라 묘지로 갈 준비를 하셔야지요. 하느님께서 그대들이 저지른 잘못을 못마땅하게 여기신 모양입니다. 더 이상 하느님의 뜻을 거역하시면 안 됩니다.

(유모와 악사들을 제외하고 전원 퇴장)

악사 1　그럼 우리는 악기를 챙겨 돌아가야겠구먼.

유모　예, 악사님들. 악기를 챙기세요.
보다시피 상황이 딱하게 되었네요.

(유모 퇴장)

악사 1　그러게요. 악기 가방이 망가졌다면 고치기라도 하겠는데.

(피터 등장)

피터　아, 악사님들, 악사님들! '마음의 평화', '마음의 평화'를 들려주시게. 제발 부탁이니 '마음의 평화'를 들려주어 날 살려 주게.

악사 1　왜 '마음의 평화'를?

피터　내 마음이 지금 '마음의 슬픔'을 연주하고 있으니 말이야. 즐거운 곡으로 나를 좀 위로해 주게.

악사 1　아니, 지금이 연주할 때요?

피터　못 하시겠다고?

악사 1　못 하지.

피터　그렇다면 내가 맛을 보여 줘야겠군.

악사 1　무슨 맛 말이요?

피터　돈은 아니고 조롱 말이다. 이 거지 악사들아.

악사 1　이 종놈이?

피터　그러다 하인의 칼에 대가리를 얻어맞을걸. 내가 사분음표도 모를 줄 아느냐. 내가 네놈의 '레'를 치고 '파'를 칠 거야. 알겠냐?

악사 1　네놈이 내 '레'를 치고 '파'를 친다고? 웃기시네.

악사 2　단검은 치우고 말싸움이나 하시지.

내가 상대해 줄 테니.

피터 그럼 해 보자고. 단검을 치우는 대신 단번에 보내 주마. 사내답게 받아 봐라.

> "쓰라린 슬픔에 가슴이 아플 때
> 설운 서러움에 가슴이 아플 때
> 은 같은 음악이……"

어째서 은 같은 음악이지? 왜 은이냐고? 여보게, 사이먼 캣틀링 씨는 어떻게 생각하시나?

악사 1 그야 은이 달콤한 소리를 내니 그렇지.

피터 잘하는데! 자네, 휴 리벡 씨는?

악사 2 악사들이 은전을 받으니 은이지.

피터 잘하네! 그럼 자네, 제임스 사운드포스트 씨는?

악사 3 모르겠는데.

피터 참! 자네는 가수지. 내 자네에게 알려 주지. 악사들이 아무리 은 소리를 내도 금이 안 나오니 "은 같은 음악"일 수밖에!
"그들의 은 같은 음악 소리에 울화가 단번에 가라앉는다."

(피터 퇴장)

악사 1 뭐, 저런 짜증 나는 놈이 다 있나.

악사 2 망할 자식. 그럼 우리도 이리로 가세. 조문객들을 기다렸다가 저녁이나 얻어먹자고.

(모두 퇴장)

제5막

1장

만토바의 거리

(로미오 등장)

로미오 꿈이 보여 주는 달콤한 진실을 믿을 수 있다면, 내 꿈은 희소식이 올 전조임이 틀림없어.

이 가슴의 주인인 사랑의 신은 왕좌에 앉아 있으니, 하루 종일 마음이 들떠 발이 땅에 닿지 않는 듯하네.

내 사랑이 죽어 있는 나를 내려다보는 느낌이랄까. 세상에, 죽은 사람이라고 생각하다니.

묘한 꿈이야.
아무튼 내 사랑이 내 입술에 생명을 불어넣은 덕에 나는 다시 소생하여 황제가 되었으니.
사랑의 그림자만으로도 이렇게 기쁜데, 실제로 나누는 사랑은 얼마나 달콤할까.

(로미오의 하인 밸더자 등장)

베로나에서 소식이 왔구나! 밸더자, 어떻게 되었느냐? 신부님의 편지를 가져왔겠지? 어머니는 어떠하시냐? 아버지는 잘 지내시고?
줄리엣은 잘 지내고 있나?
아가씨만 무사하시다면 다른 일은 됐다.

밸더자 잘 계시지요. 잘 계세요.
아가씨의 육신은 캐풀럿 가족 묘지에 계시고 아가씨의 영혼은 천사와 함께 계십니다.
돌아가신 줄리엣 아가씨의 시신이 그 집 가족 묘지에 안치되는 것을 보고 말을 타고 달려온 참입니다.
아아, 이렇게 흉측한 소식을 전하는 저를 용서하세요.
도련님께서 제게 명한 일이니 어쩔 수 없었습니다.

로미오 그게 사실이냐? 아, 운명의 별들이여.
나의 소원을 알고도 이렇게 저버리느냐.
가서 종이와 잉크를 가져오너라. 말도 구해 놓고.
오늘 밤 이곳을 떠날 것이다.

밸더자 도련님, 진정하세요.
안색이 창백하고 잔뜩 흥분하셔서 불행한 일이라도 만드실까 걱정입니다.

로미오 아니, 네가 잘못 봤다.
나를 내버려 두고 일러 준 대로 해 놓아라.
신부님의 편지는 없었다는 거지?

밸더자 없습니다.

로미오 상관없다. 어서 가라. 말을 준비해 놓

아라.
곧 뒤따라가마.
(밸더자 퇴장)
줄리엣, 오늘 밤 내가 그대 곁에 누울 것이니, 그 방법을 찾아봅시다. 아, 악마여!
참으로 재빠르게 절망한 자의 머릿속으로 들어오는구나.
그래! 이 근처에 약방 영감이 있었지. 전에 보니 툭 튀어나온 이마에 누더기 옷을 입고 약초를 캐고 있었지.
가난에 지쳐 제대로 먹지 못해 앙상하게 말라 있고, 그래! 가게에는 말린 거북과 악어, 흉한 생선이 매달려 있고 선반에는 텅 빈 상자, 푸른 항아리, 짐승의 오줌보, 곰팡이 핀 씨앗들, 끈 부스러기, 말린 장미 뭉치가 여기저기 있었어. 문득 나는 만토바에서는 독약을 파는 자가 사형이라지만, 당장 필요한 사람이 있어 사야 한다면, 바로 이 영감이 독약을 팔 것이라고 생각한 적이 있지.
그러고 보니 그때 나는 독약이 필요하리라고 예감했던 모양이구나. 가난뱅이 영감에게 독약을 꼭 좀 팔라고 해야겠다. 아마 이 집이었지? 휴일이라 가게 문이 닫혀 있구나.
영감님! 영감님!

(약방 영감 등장)

약방 영감 누가 이렇게 큰 소리를 내는 거요?
로미오 이리 좀 나와 보시오. 내가 보니 당신의 처지가 꽤나 궁색해 보이는데, 여기 금화 40더컷이요.
내게 독약을 좀 주시오. 먹으면 당장에 온몸의 핏줄로 퍼져 나가, 성마른 화약이 대포 구멍에서 터져 나오는 것처럼 육신에 생명을 빼앗을 그런 맹독 말이오.
약방 영감 그렇게 치명적인 독약이 있기는 하

지만, 그걸 파는 사람은 만토바 법에 의해 사형이오.

로미오 이토록 가난과 궁상에 시달리면서도 죽음이 두렵단 말이오? 영감님의 양 볼에는 굶주림이 보이고, 퀭한 두 눈엔 궁상이 흐르며, 등에는 모욕과 가난이 매달려 있지 않소. 영감님, 세상의 법은 영감님의 친구가 아닐뿐더러, 당신을 부자로 만들어 줄 법도 없어요. 그러니까 가난하게 살지 말고, 법을 무시하고 이 돈을 받으세요.

약방 영감 이 돈은 내가 받는 것이 아니라 나의 가난이 받는 것이요.

로미오 나 또한 영감님께 드리는 것이 아니라 영감님의 가난에 드리는 겁니다.

약방 영감 이걸 마실 것에 타서 들이켜게. 그러면 젊은이가 스무 명을 당하는 장사라도 그 자리에서 뻗어 죽을 것이오.

로미오 자, 여기 돈이 있습니다. 사실 돈이야말

로 인간의 영혼에 치명적인 독이지요. 당신이 파는 이 독보다 돈이 더 많은 사람을 죽이니까요.
그러니까 나는 영감님께 독약을 드린 겁니다.
영감님은 제게 아무것도 팔지 않았어요.
안녕히 계세요. 먹을 것이나 조금 사서 살 좀 찌우세요.
가자! 독약이 아닌 생명의 약이여.
나와 함께 줄리엣의 무덤으로 가자꾸나.
그곳에서 너를 쓸 것이다.
(퇴장)

2장

로렌스 신부의 사제관

(존 신부 등장)

존 신부 안녕하세요. 프란체스코 수도회 형제님!

(로렌스 신부 등장)

로렌스 신부 존 신부가 왔구먼. 만토바에서 오시느라 수고하셨소!
로미오가 뭐라고 하던가요? 편지를 받았다면 어서 주시오.

존 신부 프란체스코 수도회의 한 신부님이 환자들을 돌보러 이 도시에 와 있다고 하여 동행하려고 그 신부님을 찾아갔는데, 시 검역관들이 우리가 전염병자가 있던 집에 머물렀다고 의심하면서 문을 봉쇄하고 들여보내주지 않았습니다.
그래서 만토바에는 가지 못했습니다.

로렌스 신부 그럼, 내 편지는 누가 로미오에게 가져다주었나요?

존 신부 전해 줄 수가 없었습니다.
여기 이렇게 도로 가져왔지요.
대신 전해 줄 사람을 찾자니 모두 전염병을 두려워하는 바람에요.

로렌스 신부 이런! 이 무슨 불행스러운 일인가!
내 형제여.
이 편지는 안부를 묻는 것이 아니라 아주 중요한 용건인데, 소홀히 한 대가로 엄청난 일이 벌어질지 모르오.

존 신부, 쇠 지렛대를 가져다주세요.
구하는 즉시 사제관으로 가져다주세요.

존 신부 알겠습니다, 형제님. 곧 가져오겠습니다.

(존 신부 퇴장)

로렌스 신부 이렇게 되었으니 혼자 묘지에 가 보아야겠구나.
앞으로 세 시간이면 줄리엣이 눈을 뜰 텐데, 이 일을 로미오에게 알리지 못한 것을 알면 얼마나 나를 원망할까. 만토바로 다시 편지를 보내고 로미오가 올 때까지 줄리엣은 사제관에 숨겨 둬야겠다.
가여운 줄리엣, 산 채로 무덤 속에 갇혀 송장들 사이에 있다니.

(퇴장)

3장

베로나의 캐풀럿 가족 묘지

(횃불과 꽃다발을 든 하인과 패리스 백작 등장)

패리스 그 횃불은 이리 주고 너는 저기 멀리 가 있거라.
아니다. 횃불은 꺼라. 남의 눈에 띄고 싶지 않으니.
저기 주목 나무 밑에 엎드려 우묵한 땅에 귀를 대고 있거라.
무덤을 판 뒤라 흙이 푸석푸석하니 묘지 위를 걷는 발자국 소리가 들릴 게다.

누군가 가까이 오는 소리가 들리면 휘파람을 불어 알려라. 꽃다발은 주고 시키는 대로 하도록.

가 봐라.

하인 (방백) 이런 묘지에 혼자 있으라니 무서운데. 그래도 시키는 대로 할 수밖에.

(물러난다)

패리스 꽃 같은 아가씨, 그대의 신방에 꽃을 뿌려 드리지요.

슬프게도 그대의 침대는 먼지와 돌로 만들어졌구나!

밤이면 향수를 뿌리고, 향수가 없으면 슬픔에서 나온 눈물을 뿌려 드리겠소. 밤마다 꽃과 눈물로 당신의 죽음을 슬퍼하리다.

(휘파람 소리)

녀석이 누군가 다가온다는 신호를 보내는구나. 이런 밤에 어떤 망할 놈이 나의 애도와 이 진정한 사랑의 의식을 방해하자고 여기를 헤매는 거야?
뭐야, 횃불까지? 그럼 나는 밤의 어둠 속에 잠시 숨어 있자.
(물러난다)

(로미오와 밸더자가 횃불, 곡괭이, 쇠 지렛대 등을 들고 등장)

로미오 그 곡괭이와 쇠 지렛대를 이리 줘.
그리고 여기 이 편지를 들고 가 아침 일찍 내 아버지께 전해 드려라.
횃불을 이리 건네줘. 그리고 네 목숨을 걸고 약속해라.
여기서 무엇을 보고 듣든지 간에 아는 체하지 말고 내가 하는 일을 방해하지 마라. 내가 이 죽음의 침상으로 내려가는 이유는 줄리엣의 얼굴을 보기 위함도 있지만, 그녀의 손가락에 걸린 반지를 빼서 중요한 일에 사용하기 위함이니 너는 어서 물러나라. 만일 내가 하는 일을 수상히 여기고 돌아와서 엿보려 한다면, 너의 사지를 찢어 묘지 위에 뿌릴 것이다. 마침 한밤중이고, 나의 마음은 광폭하기 이를 데 없는 호랑이와 성난 바다보다 더하니.

밸더자 네, 저는 물러나 도련님을 방해하지 않겠습니다.

로미오 그래야 내 친구답지. 자, 이걸 받아라.

(지갑을 건넨다)

이 돈으로 잘 살아라. 그리고 잘 가라. 내 친구야.

밸더자 (방백) 말씀은 그러시지만, 나는 여기 근처에 숨어 있어야겠다. 안색도 그렇고 의도도 걱정스러우니.

(물러난다)

로미오 아, 이 보기 싫은 아가리.

이 세상에서 제일가는 진미를 삼켜 버린 이 아가리.

죽음으로 부른 배때지.

내 너의 썩어 빠진 아가리를 벌리고, 또 하나의 음식을 더 넣어 주마.

(로미오가 묘지 뚜껑을 연다)

패리스 저놈은 추방당한 몬태규의 아들이구나. 저놈이 내 연인의 사촌을 죽여서 그 슬픔으로 줄리엣이 죽었는데 시신에까지 욕을 보이려 여기까지 온 모양이구나. 붙잡아야겠다.

(앞으로 나선다)

꼼짝 마라! 이 몬태규 녀석아. 죽인 것으로도 모자라 시신에 복수를 하려고 하느냐? 이 천벌 받을 놈.

내 너를 처넣고 말겠으니 잔말 말고 따라와라. 너를 반드시 죽이겠다.

로미오 그렇소. 나는 여기서 죽을 것이오. 그러려고 온 거요. 이보시오, 젊은 신사분. 절망에 빠진 사람을 건드리지 말고 여기를 떠나시고 나를 내버려 두시오.

죽어서 여기에 누운 분들을 떠올리고 죽음을 무서워하시오.

내 그대에게 간청하니, 젊은 신사분, 내 화를 돋워 내 머리 위에 다른 죄악을 덧씌우게 하지 말고 가시오.

나는 그대를 내 몸보다 더 사랑하오.

나는 내 몸을 죽이러 온 것이니 어서 가시오.

어서 가서 목숨을 부지하시고, 어떤 미치광이의 자비 덕분에 그리했다고 말하시오.

패리스 그렇게는 못하겠다.

너를 중죄인으로 당장 체포하겠다.

로미오 기어코 나를 도발하는 거요?

그렇다면 한번 붙어 봅시다.

(둘이 싸운다)

하인 오, 하느님! 싸움이 붙었구나. 순찰대를 불러와야겠다.

(하인 퇴장)

패리스 아, 당했다! 그대가 인정이 있다면 줄리엣의 관을 열어 날 그녀 곁에 뉘여 주게.

(죽는다)

로미오 그러마. 이제 누군지 얼굴 좀 보자.

아니, 이 사람은 머큐쇼의 친척 패리스 백작이 아닌가!

말을 타고 오면서 밸더자가 뭐라고 말했더라.

패리스 백작이 줄리엣과 결혼한다고 말하지 않았나?

내가 그런 꿈을 꾼 건가?

내가 실성해서 줄리엣의 이름을 듣고 그리 생각한 건가?

아, 악수나 합시다. 그대도 나와 함께 불행한 운명의 명단에 이름을 올렸구나.

영광의 무덤 속에 묻어 드리리다.

아니, 무덤이 아니지. 줄리엣의 아름다움이 환하게 밝히는 광명의 탑, 찬란한 향연의 궁전이지. 죽은 자여, 이미 죽은 것과 다름없는 자의 손에 죽은 자여.

이곳에서 고요히 잠드시오.
(그를 무덤 속에 눕힌다)
죽을 때가 되면 사람이 갑자기 명랑해진다지. 사람들은 그걸 임종의 섬광이라 하더군. 지금의 내 기분이 그런 것인가? 아, 내 사랑, 내 아내. 죽음이 당신의 감미로운 숨결을 앗아 갔을지언정 당신의 아름다움은 빼앗지 못했군요. 아름다움의 깃발이 아직 당신의 입술과 두 뺨에 펄럭이는데, 죽음의 창백한 깃발이 아직 꽂히지 않았으니 당신은 아직 패한 것이 아니요.
아, 티볼트여, 자네도 피 묻은 수의를 입고 거기 누워 있나?
내가 자네에게 큰 선물을 하나 드리지. 자네의 젊음을 동강 낸 이 두 손으로 자네의 원수인 나의 몸을 죽여 주지.
나를 용서하게, 사촌. 아아, 사랑하는 줄리엣! 당신은 왜 여전히 이토록 아름다운가요?

혹시 보이지 않는 죽음이란 놈이, 그 혐오스럽고 괴물 같은 놈이 당신에게 반해 애인을 삼으려 당신을 이곳 암흑 속에 가둬 두었나요? 그럴지도 모르니 이제 나는 항상 당신 곁에서 당신을 지키겠어요.
이 캄캄한 어둠의 궁전을 떠나지 않을게요.
바로 여기 이곳에서 당신의 시녀들과 구더기들과 함께하지요.
오, 이곳에서 나는 이제 영원히 쉬면서 운명의 별들이 씌워 둔 멍에를 떨쳐 버릴 것이오.
눈이여, 마지막으로 잘 보아라.
팔이여, 마지막으로 꼭 안아 보아라.
그리고 숨결이 드나드는 문, 입술아, 달콤한 키스로 도장을 찍어 만물을 독점하는 죽음과 맺는 영원한 계약을 끝내라!
이 무정한 길잡이, 불운한 뱃사공아.
바다에 지친 배를 몰아넣어 암초에 부딪쳐라!
내 사랑을 위해 건배!

(독약을 마신다)

오, 약방 영감. 정말 약효가 빠르구먼.

이 죽음의 키스와 함께 나는 죽는다.

(쓰러진다)

(로렌스 신부가 등불, 괭이, 삽을 들고 등장)

로렌스 신부 프란체스코 성자님, 보호해 주소서! 오늘 밤은 왜 이렇게 무덤이 이 늙은이의 발치에 걸리는가.

거기 누구요?

밸더자 신부님이 잘 알고 계시는 친구입니다.

로렌스 신부 너구나. 그런데 저기 구더기와 해골을 비추고 있는 저 횃불은 뭐냐. 보아 하니 캐풀럿 가족 묘지에서 타고 있는데.

밸더자 그렇습니다. 신부님께서 아끼시는 저희 도련님이 저기에 계십니다.

로렌스 신부 그게 누구냐?

밸더자 로미오 도련님 말입니다.

로렌스 신부 저기에 간 지 얼마나 되었느냐?

밸더자 반 시간 정도 되었습니다.

로렌스 신부 그럼 나와 함께 저 무덤에 가 보자.

밸더자 그럴 수는 없습니다.

도련님은 제가 멀리 간 줄 알고 계시는데, 제가 얼쩡거리는 걸 보면 죽여 버리겠다고 하셨습니다.

로렌스 신부 그렇다면 여기 있거라. 나 혼자 가 보겠다.

그런데 왜 이리 불안할까.

아무래도 무슨 일이 벌어진 것 같구나.

밸더자 저는 저 주목 나무 아래에서 졸고 있었는데 잠결에 들으니 도련님께서 누군가와 싸우시다가 상대편이 죽은 것 같습니다.

로렌스 신부 로미오!

아아, 묘지 입구의 돌계단을 적시고 있는 이 피는 무슨 피란 말인가? 영혼의 안식처여야

할 이곳에 피범벅이 되어 굴러다니는 이 주인 없는 칼은?

(무덤 안으로 들어간다)

로미오! 오, 창백하구나!

또 누군가가? 아니, 패리스 백작이 아닌가?

피투성이가 되어 있구나. 아아, 이 무정히 흐르는 시간에 이 끔찍한 일의 책임을 물어야 하는가.

줄리엣이 깨어나는구나.

(줄리엣이 일어난다)

줄리엣 아아, 신부님이 계시는 걸 보니 마음이 놓이네요!

나의 로미오는 어디 계시나요?

제가 지금 어디에 있는지는 잘 알아요. 바로 그곳이지요.

그러니 나의 로미오는 어디 계세요?

(안에서 소리)

로렌스 신부 누군가가 오는 소리가 들린다. 줄리엣, 이 죽음과 질병과 부자연스러운 잠의 둥지에서 어서 나가자꾸나. 사람의 힘으로는 당할 수 없는 커다란 힘이 우리의 계획에 훼방을 놓았구나. 네 품에 안겨 있어야 할 너의 남편은 저기에 죽어 누워 있다. 패리스 백작도 죽었고.

어서 나가자. 내 너를 수녀들이 계시는 거룩한 수도원에 맡겨야겠다. 아무것도 묻지 말고, 어서 나가자.

줄리엣, 순찰대들이 오고 있다. 더 이상 망설일 여유가 없다.

줄리엣 가세요. 신부님. 저는 가지 않겠어요.

(로렌스 신부 퇴장)

이게 뭐지? 나의 진실한 사랑 로미오의 손에 독이 들려 있네?

독약을 마시고 불시에 돌아가셨구나.

무정하시긴. 모두 다 마셔 버렸네! 내가 뒤따

라갈 수 있도록 한 방울도 남겨 두지 않으시고. 그럼 당신의 입술에 키스할래요.

혹시 독약이 당신의 입술에 남아 있다면 생명의 묘약처럼 날 죽여 당신 곁으로 보내 주겠지요.

(키스한다)

아, 당신의 입술은 아직 따뜻한데!

순찰대 1 (안에서) 안내해라, 이놈아! 어디냐?

줄리엣 이게 무슨 소리지? 서둘러야겠다.

오, 다행이 단검이 있었구나!

(로미오의 단검을 뽑는다)

자, 지금부터는 여기가 네 칼집이다. 이곳에서 편히 쉬고 나를 죽게 해다오.

(줄리엣이 스스로를 칼로 찌르고 로미오의 몸 위로 쓰러진다)

(패리스의 하인과 순찰대 등장)

하인 이곳입니다. 저기 횃불이 불타는 곳이요.

순찰대 1 바닥에 피가 흥건하구나.

몇 사람은 묘지를 순찰해라. 누구든지 찾으면 체포해라.

(몇몇 순찰대가 퇴장)

끔찍한 광경이구나. 여기 백작이 죽어 있네. 줄리엣도 피를 흘리고 죽었고. 아직 따뜻한 걸 보니 죽은 지 얼마 되지 않은 듯하군. 그녀는 이틀 전에 죽어 이곳에 안치되지 않았던가. 가서 영주님께 보고하거라.

너는 캐풀럿의 저택으로 가고, 너는 몬태규 사람들을 깨워라. 다른 사람은 주변을 순찰해라.

(다른 순찰대도 퇴장)

처참한 주검들이 눈앞에 누워 있으나 자세한 정황을 파악하기 전에는 무슨 일인지 알 수가 없겠군.

(순찰대가 로미오의 하인인 밸더자와 함께 재등장)

순찰대 2 여기 로미오의 하인입니다. 묘지에서 잡았습니다.

순찰대 1 영주님이 오실 때까지 붙잡고 있게.

(다른 순찰대가 로렌스 신부를 데리고 등장)

순찰대 3 여기 부들부들 떨며 한숨을 쉬며 울고 있는 신부를 잡아 왔습니다. 이 곡괭이와 삽을 들고 묘지를 떠나고 있더군요.

순찰대 1 수상하군. 이 신부도 붙들어 두게.

(영주와 시종들 등장)

영주 대체 무슨 일이 있어 이렇게 이른 시간에 사람을 불러낸 것이냐?

(캐플럿과 그의 부인 등장)

캐플럿 무슨 일이 있어 이토록 소란이오?

캐플럿 부인 거리에 있는 사람들이 '로미오'니 '줄리엣'이니 '패리스'니 부르며 뛰어다닙디다. 모두 우리 가족 묘지로 오고 있어요.

영주 도대체 무슨 일이길래 이토록 무섭게 부르짖느냐?

순찰대 1 영주님. 여기 패리스 백작이 죽어 있습니다.
로미오도 죽어 있고, 전에 죽은 줄리엣이 새로 죽은 듯 몸이 아직 따뜻합니다.

영주 수색하고 수사하여 이 참혹한 떼죽음의 진상을 규명하라.

순찰대 1 여기 신부와 죽은 로미오의 하인이 있습니다.
이자들은 무덤을 파는 데 필요한 연장을 가지고 있었습니다.

캐풀럿 하느님 맙소사! 부인!
우리 딸이 피를 철철 흘리고 있는 것 좀 봐요!
이 단검은 길을 잃은 것이 분명하오.
몬태규의 허리의 칼집은 비어 있고, 엉뚱하게
우리 딸의 가슴에 박혀 있구려.

캐풀럿 부인 아이고, 이렇게 참혹한 주검이 있다니.
조종처럼 늙은이들을 무덤으로 불러들이는구나.

(몬태규와 그 밖의 사람들 등장)

영주 어서 오게, 몬태규. 이른 시각이지만 이리 와서 자네의 아들이자 후계자가 변을 당한 것을 보게.

몬태규 아아, 영주님. 제 아내도 어젯밤에 숨을 거두었습니다.
추방당한 아들의 이름을 부르며 슬퍼하다가

그만 이 세상을 떴지요. 이보다 더 슬픈 일이 있어 이 늙은이를 부르신 겁니까?

영주 보면 알게 될 거요.

몬태규 아아, 세상에! 이 불효막심한 놈!
부모보다 먼저 무덤 속으로 달려가다니, 이 무슨 짓인가!

영주 슬픔과 분함은 잠시 접어 두고, 이 혼란한 사건의 원인과 결과를 명확하게 밝히세.
나의 슬픔도 자네들을 죽음으로 이끄는 슬픔만큼 크다네.
조사가 끝날 때까지 잠시 참고 있게.
용의자들을 앞으로 데리고 나와라.

로렌스 신부 제가 가장 유력한 용의자이지요.
늙은 몸이나 때와 장소가 불운하여 가장 유력한 용의자가 되었지요.
그러니 여기 서서 제가 지은 죄를 고백하고 책임질 일에 스스로를 규탄하고 정당한 일에는 해명하겠습니다.

영주 그럼 당장 아는 바를 말해 보시오.

로렌스 신부 짧게 말하겠습니다. 장황하게 말할 만큼 기력이 남아 있질 않으니.

저기 죽어 있는 로미오는 줄리엣의 남편입니다.

저기 죽어 있는 줄리엣은 로미오의 정숙한 아내이고요.

두 사람의 결혼식은 제가 치러 주었지요.

둘이 비밀리에 결혼한 날이 티볼트가 죽은 날이기도 합니다.

티볼트의 때 이른 죽음으로 새신랑은 이 도시에서 추방당했고, 줄리엣은 죽은 티볼트가 아니라 로미오를 위해 그토록 슬퍼하고 있었던 겁니다.

줄리엣의 아버님은 줄리엣을 위로하고자 패리스 백작과의 약혼과 결혼을 억지로 강요했지요.

그래서 줄리엣이 저를 찾아와 진지한 얼굴로

이중 결혼을 방지할 방도를 알려 주지 않으면 스스로 목숨을 끊겠다고 했습니다.
그래서 저는 제가 얻은 지식으로 수면제를 만들어 주었고, 다행히 그것이 효과가 있어 그녀는 제 의도대로 죽은 듯이 보이게 되었습니다.
한편, 저는 로미오에게 편지를 써 오늘 밤 약효가 떨어질 이 시간까지 베로나로 오도록 했습니다.
로미오는 나와 함께 이곳으로 와 빌린 무덤으로부터 줄리엣을 데리고 나오기로 되어 있었지요. 그런데 내 편지를 들고 간 존 신부에게 일이 생겨 어젯밤에야 제 편지를 도로 가지고 왔습니다. 그래서 저 혼자 줄리엣이 깨어날 시간에 맞춰 그녀를 데리러 이 캐풀럿 가족의 묘지로 왔습니다.
로미오에게 소식을 보낼 때까지 줄리엣을 내 사제관에 숨겨 둘 작정이었지요.

그러나 줄리엣이 깨어나기 전, 제가 도착해 보니 로미오와 패리스 백작이 이곳에서 죽어 있었습니다.

마침 줄리엣이 깨어나 함께 나가자고 권하며, 하느님의 일이니 인내하라고 일렀지요.

별안간 무덤 밖에서 소리가 들려 저는 밖으로 나왔고, 줄리엣은 너무나 절망하여 저와 함께 나가려 들지 않았습니다.

그리고 보시는 대로 줄리엣은 스스로 자결을 했지요.

이것이 제가 아는 전부입니다. 두 사람의 결혼에 관해서는 유모도 알고 있습니다.

만약 제 잘못으로 이런 일이 벌어졌다고 여기신다면, 얼마 남지 않은 저의 목숨이나 엄격한 법을 적용하여 다스려 주십시오.

영주 우리는 평소 신부님을 고결한 분으로 알고 있습니다.

그럼 로미오의 하인은 어디 있느냐? 네가 더

할 말은 없느냐?

밸더자 제가 줄리엣 아가씨의 죽음을 전하자마자 도련님께서는 만토바에서 이곳까지 전속력으로 말을 타고 오셨습니다.

그리고 조금 전에는 이 편지를 아침 일찍 아버지이신 주인 나리께 전하라 하셨지요.

그러고는 묘지 안으로 들어가시면서 제게 도련님을 내버려 두고 가지 않으면 절 죽이겠다고 하셨습니다.

영주 그 편지를 이리 다오. 내가 읽어 보겠다.

그런데 순찰대를 불러온 백작의 하인은 어디에 있느냐? 너의 주인은 이곳에서 무엇을 하고 있었느냐?

하인 주인님은 아가씨의 무덤에 꽃을 뿌려 드리려 오셨고, 제게는 물러가 있으라고 하셨습니다. 그래서 그리했지요.

그런데 누군가가 횃불을 들고 와 묘지의 문을 열려 하자 주인님은 즉각 칼을 뽑으셨습니다. 그래서 제가 순찰대를 부르러 달려갔지요.

영주 이 편지를 보니 신부님의 말처럼 두 사람이 사랑에 빠진 경위, 줄리엣의 죽음과 로미오가 어떻게 가난한 약방 영감에게 독약을 샀으며 이 무덤에서 자살하여 줄리엣과 함께 묻히려 했는지에 대해 쓰여 있구나. 서로 싸워 대던 원수지간, 캐플럿과 몬태규는 어디에 있는가?

여기 그대들의 해묵은 원한이 어떠한 결과를 가져왔는지 보게.

결국 그대들의 기쁨인 두 아이들이 서로 사랑하다가 파멸해 버리지 않았는가! 그대들의 싸움으로 나도 친척을 두 사람이나 잃어버리고 말았다. 우리 모두 벌을 받았구나.

캐플럿 오오, 몬태규 사돈. 손을 잡아 봅시다.

이것으로 내 딸의 혼수를 대신합니다.

이 이상 더 좋은 것이 없을 테니.

몬태규 아니요. 이 이상을 드리리다.

나는 순금으로 줄리엣의 동상을 세우고, 베로나가 베로나인 한, 사람들이 줄리엣의 진실함과 정숙함을 칭송하게 하겠소.

캐플럿 그렇다면 로미오의 동상도 줄리엣의 곁에 서 있을 것이오. 둘 다 우리의 원한에 희생되었으니.

영주 구슬픈 평화가 찾아온 아침이로다.
태양도 슬퍼 그 고개를 들지 못하는군. 자 이제 돌아가 이 슬픈 이야기를 마저 나눕시다.
몇몇은 용서받고 몇몇은 처벌될 것이오.
그러나 로미오와 줄리엣의 이야기보다 더 슬픈 이야기는 앞으로도 결코 없을 것이오.

(모두 퇴장)

죽음으로 완성되는 영원한 사랑, 《로미오와 줄리엣》

따뜻한 이탈리아의 아름다운 도시 베로나로부터 날아온 단 4일간의 사랑 이야기, 연극과 영화로 수없이 반복되어 온 이 사랑 이야기를 모르는 이는 아마 거의 없을 것이다. 선남선녀의 운명적인 만남과 사랑, 그리고 그들 앞에 놓인 넘어서기 힘든 장애물, 결국 오해 속에 맞게 되는 한 연인의 비극적인 죽음 등,《로미오와 줄리엣》은 사람들이 생각하는 통속적인 사랑 이야기의 주요한 요소를 모두 담고 있다. 그런데 '너무나도 뻔한' 이러한 사랑 이야기가 수백 년 동안 전 세계 사람들에게 계속해서 읽히고 사랑받는 이유는 무엇일까.

이는 사람들이 '뻔한' 사랑 이야기를 매우 좋아한다는 반증이다. 그러니 《로미오와 줄리엣》을 해석하는 열쇠는 어쩌면 이 끝없이 반복되는 익숙함 속에서 새로움을 찾아내는 일이어야 할 것이다.

셰익스피어는 이 극의 소재를 이탈리아에 떠돌던 이야기에서 가져왔다고 한다. 이미 유럽 곳곳에는 비극적인 죽음을 맞는 한 연인의 이야기가 여러 번안의 형태로 전해졌으며, 영국에서도 셰익스피어 이전에 이미 아서 브루크(Arthur Brooke)가 시로 펴낸 바 있다. 그러나 원작이 연인들의 사랑과 죽음을 9개월 동안 일어나는 일로 그렸다면, 셰익스피어는 이를 단 4일간으로 압축해 버렸다. 그래서 많은 비평가는 《로미오와 줄리엣》을 미성숙한 사랑의 전형으로, 병적인 사랑의 광기가 가져온 파멸의 텍스트로 읽어 낸다. 그들은 근엄한 목소리로 로렌스 신부의 다음과 같은 말을 반복한다. "극단적인 기쁨은 극단적인 끝을 맺는 법이고, 불과 화약이 만나면 그 절정에서 소멸하는 법이다. 꿀도 너무 달면 쉽게 질리고, 입맛을 버리게 한단다. 그러니 사랑은 적당히 하게. 그래야 오래가지. 너무 서두르면 천천히 가는 것만 못하네."(2막 6장) 이들은 격정적으로 몰아치는 사랑의 변덕과 광기의 위험성에 대해 입을 모아 경고한다. 그들의 시선 속에서 두 주인공의 '지나친' 사랑은 죽음으로 이어짐을 경고하는 암시로 가득하고, 운명과 우연이라는 불가항력적인 힘에 의해 파멸에 이르는 인간들의 나약한 삶에 대한 은유가 짙게 배어 있다.

그러나 어리석고 경솔한 사랑일지라도 가문의 이름과 자존심으로 얽힌 해묵은 증오보다는 더 낫다. 이들의 사랑은 이성과 순리를 대변하는 로렌스 신부의 수사와 여성과의 사랑을 상스러운 농담거리로 삼는 머큐쇼의 재간을 넘어서는 것이다. 이들의 사랑은 작은 도시 베로나에 평화와 새로운 질서를 가져온다. 이들의 사랑은 캐풀렛과 몬태규라는 가문을 넘어, 로미오와 줄리엣이라는 서로의 이름과 자아를 넘어, 다른 이를 사랑하는 것으로 이 세계와 삶을 채울 수 있다는, 그리고 그것만이 인생에서 가장 가치 있는 일인지도 모른다는 만고불변의 진리를 우리에게 다시금 일깨운다. 《로미오와 줄리엣》이 지금까지도 여전히 읽히고 인기를 끈다면, 아마 그 이유는 다음과 같은 믿음 때문일 것이다. 사랑이 퍼뜨리는 균열이야말로 세상에 세워진 수많은 쓸데없는 증오의 벽을 붕괴시킬 수 있다는 믿음 말이다. 이들이 보여 주는 절절한 믿음은 현대의 독자들에게도 여전히 강렬한 감동과 기쁨을 안겨준다.

미친 사랑의 순수성

이야기 속에 등장하는 가장 어리고도 순수한 두 남녀는 끊임없이 이야기로부터 살아나와 현대인들로 하여금 우리가 잃어버린 사랑의 열정과 계산하지 않는 순수를 일깨운다. 서로에게 급속하게 빠져드는 두 남녀의 사랑은 이해 불가능하며, 신비할 정도인 반면, 이들과 달리 지금 우리에게서 볼 수 있는 사랑은 충분히 예상 가능하고, 통제 가능하며, 병적인 요소 없이 건강하고, 이해할 수 있으며, 신비하지도 않다. 오히려 그렇기에 대조적으로 《로미오와 줄리엣》의 사랑이 더욱더 명작으로 남아 읽히고 또 읽히는 것이 아닐까.

명작은 그 시대를 잘 반영하면서도 시대를 넘어서는 인간의 정신과 삶을 담는 것이어야 한다. 당대의 보편적 감성을 담으면서도 스스로 고유한 감성을 만들어 내고 변화시키는 것, 그래서 몇 번을 다시 보아도 감동적인 것이 명작이다. 특히 명작 문학을 읽는 것은 평균적인 삶을 살아가는 현대인에게 협소한 일상의 경험과 평균적인 감성의 폭을 넘어설 수 있는 기회를 제공한다. 남들과 비슷비슷한 가치를 추구하며, 그것을 벗어나거나 넘어서는 것을 두려워하고 고통스러워하는 평균의 삶을 뛰어넘는 경험을 하는 것, 그것이 좋은 문학작품을 만났을 때 독자가 하게 되는 경험이다. 따라서 자신의 운명을 거스르고, 있는 힘을 다해 장애물을 뛰어넘으며, 자신의 몸을 던져 가며 누군가를 사랑하는 문학 속 주인공들은 언제나 우리에게 감동을 주는 법이다. 말 그대로 짧은 시간 속에서 아낌없이 몸과 마음과 생명을 다해 서로를 사랑하다가 불타오른 한 쌍의 어린 연인! 그러기에 이미 "죽음으로 끝맺는 사랑 이야기"(프롤로그)라 예고되어 있음에도, 그들의 죽음은 처연한 슬픔보다는 여전히 생생하게 살아 있는 사랑이자 끝없이 지속되는 사랑으로 독자들의 마음속에 남는다.

《로미오와 줄리엣》의 대비되는 시간관

이 작품에는 끊임없이 과거와 현재, 젊음과 노년, 꿈의 시간과 실제 시간, 그리고 빠름과 느림이라는 시간의 대비가 강조된다. 특히 4일간 벌어지는 이야기로 서사의 진행이 압축적이다 보니 파티나 결혼과 같은 다가올 사건이나 시간 약속이 극에서 중요한 역할을 맡게 되며, 사랑에 빠진 한 쌍의 연인이 현실의 시간을 정지시키려 하거나 무한정으로 확장시키려 하는 등 실제의 시간을 변형시키려는 모습이 강조된다. 예를 들어, 로미오와 줄리엣은 서로에게 건네는 사랑의 맹세가 "너무나 성급하고 경솔하고 갑작스러워서", "'번개가 치네.'라고 채 말하기도 전에 끝나 버리는 번개"가 되지 않을까 두려워한다(2막 2장). 그러나 실상 이들이 하는 사랑의 언약이야말로 말 그대로 번

갯불에 콩을 볶아 먹는 수준이다. 이 어린 연인들이 느끼는 강렬한 사랑의 순간과 달리, 일상의 하루는 너무나도 길고, 늙은 유모와 로렌스 신부의 잔소리는 늘어진 주름살처럼 맥 빠질 뿐이다. 줄리엣의 다음과 같은 대사와 로렌스 신부의 말을 비교해 보자.

"아홉 시에 유모를 보냈지. 반 시간 뒤면 돌아온다더니. 아직 로미오를 만나지 못한 걸까? 아니, 그럴 리 없어. 아, 유모는 절름발이야! 사랑의 심부름꾼은 역시 생각을 해야 해. 생각은 순식간에 산의 저편으로 그림자를 몰아내고 달리는 빛보다 열 배는 더 빠르니.

그래서 날개가 가벼운 비둘기가 수레를 끌고, 큐피드의 등엔 날개가 있는 거야. 태양의 하루 여정 중에 가장 꼭대기에 솟아 있고, 아홉 시에서 열두 시까지 세 시간이나 지났는데 아직도 유모는 돌아오질 않는구나. 유모에게 애정과 끓는 젊은 피가 있었다면, 공처럼 재빨리 그이와 나 사이를 오가며 서로의 말을 전할 텐데. 늙은 사람은 모두 죽은 사람처럼 살아가는 것 같아. 다루기 힘들고, 느리고, 둔하고, 납처럼 푸르스름한 얼굴을 해서는!"

-2막 5장 줄리엣의 대사

"늙은 사람은 모두 죽은 사람처럼 살아간다."는 줄리엣의 말은 (사랑에 빠져 있지 않은, 혹은 너무나도 예측 가능한 사랑에 빠져 있는) 현대인들을 매섭게 자극할 것이다. 모든 감각이 깨어 있어 황홀한 인생의 순간순간을 모두 맛보고 느끼고 향유하던 순간, 그 순간은 "달리는 빛보다 열 배는 더 빠른" 속도로 날아올라 사랑하는 님에게로, 그리고 다시 사랑에 빠진 나에게로 되돌아온다. 이것이 더 이상 불가능해지는 것은 단순히 나이 먹음이나 늙음의 문제는 아니다. 만약 유모에게 "애정과 (사랑으로) 끓는 젊은 피가 있었다면" 마치 "공처럼 재빨리" 움직였을 게 아닌가.

> "재빨리 달려라. 태양 마차를 이끄는 불붙은 말굽을 단 말들아! 태양신 포이보스가 잠드는 서쪽 바다로! 아드님 파에톤이 마차를 몰았다면 채찍질로 너희를 마구 다그쳐 금세 캄캄한 밤을 가져다주련만.
> 사랑을 이루어 주는 밤의 여신이여. 어둠의 장막을 쳐다오. 로미오가 남의 눈에 띄지 않고 입방아에 오르지 않은 채 나의 품으로 뛰어들 수 있도록."
>
> -3막 2장 줄리엣의 대사

밤이면 그리운 님이 자신의 발코니로 찾아올 것을 알기에 줄리엣은 태양신을 다그쳐 금세 주위가 캄캄해지는 밤이 오기를 바란다. 이처럼 사랑에 눈먼 줄리엣이 토로하는 생생한 감정과 재치 있는 은유에 비해, 이성적으로 굴 것, 그리고 예측 가능한 사랑에 진득하니 남아 있을 것을 설교하는 로렌스 신부의 다음과 같은 말은 지루하게 느껴지기까지 한다.

> "아, 하느님 맙소사! 이 무슨 변덕이란 말이냐! 네가 그토록 사모하던 로잘린은 벌써 잊었느냐? (중략) 여기 자네의 뺨엔 눈물을 흘렸던 자국이 아직 남아 있지 않은가. 자네가 자네 자신이고, 자네의 고통이 자네의 것이라면, 자네 자신도, 자네의 고통도 모두 로잘린을 위한 것이 아니었는가. 아니, 사람이 변한 것인가. 이 말을 되새겨 보게. 남자도 못 믿는 세상에서 여자의 변심은 탓할 것이 아니라네."
>
> -2막 3장 로렌스 신부의 말

무한한 사랑의 은유와 죽음으로 영원해지는 사랑

유독 《로미오와 줄리엣》에는 밤을 배경으로 한 장면이 많이 등장한다. 극에서 가장 유명한 장면이면서 사랑의 절정을 보여 주는 발코니 장면은 로미오와 줄리엣이 처음 만난 파티가 끝난 직후인 밤을 배경으로 한다. 줄리엣의 집안사람들이 알면 로미오가 죽지 않고는 "무사히 빠져나가기 힘든" 곳인 정원의 발코니는 이들에겐 사랑의 장소인 동시에 언제 찾아들지 모르는 죽음이 기다리는 장소이다. 그러나 이 작품에서 죽음은 역설적으로 연인이 함께 나아갈 무한한 사랑의 세계와 연결된다. 어둠 속에 끝없이 펼쳐진 밤바다처럼 이들의 사랑은 무한하기에, 서로를 향한 그들의 마음은 밤과 바다에 비유되면서 다 함께 죽음과 연결된다.

"나는 비록 항해자는 아니지만 당신과 같은

보물을 위해서라면 아무리 아득하게 먼 해안이라도 기꺼이 항해하겠어요."

-2막 2장 로미오의 대사

줄리엣 또한 자신의 사랑은 바다처럼 무한하니 아무리 그에게 주어도 줄어들지 않는다고 말한다.

"나의 사랑은 바다처럼 무한하고 깊고, 당신께 더 드리면 드릴수록, 내가 가진 사랑이 늘어나니 둘 다 끝이 없네요."

-2막 2장 줄리엣의 대사

무덤이 곧 신방이 되어 영원히 첫날밤을 지속할 이들은, 죽음 속에서 끝없이 사랑하게 된다. 로미오와 줄리엣은 모든 것을 변화시키는 세속적인 시간이라는 한계마저 뛰어넘어, 변치 말자는 연인들의 서투른 약속을 말 그대로 철썩같이 지키고 있다. 죽음이라는 영원한 밤과 바다의 시간 속에서 이들은 무한히 사랑을 계속하고 있는 것이다.

이때 이들의 죽음은 당대의 종교관마저 뛰어넘는다. 오직 세속적인 사랑만을 위해서 죽음을 택하는 것은 이들이 살았던 중세의 기독교적 도그마를 정면으로 부정하는 일이기 때문이다. 사랑만을 위해 자기 자신과 현세를 내던지는 행위 속에서 《로미오와 줄리엣》 속의 사랑은 영원해진다. "로미오와 줄리엣의 이야기보다 더 슬픈 이야기는 앞으로도 결코 없을 것이오."(5막 3장)라는 영주의 마지막 대사가 암시하듯이, 이야기가 된 이들의 사랑은, 그래서 계속해서 되풀이되어 읽힐 이들의 사랑은 우리 곁에서 영원히 사랑의 원형으로 남는다.

한우리

작 가 연 보

1564년 잉글랜드 중부에 위치한 스트랫퍼드 어폰 에이번(Stratford-upon-Avon)에서 아버지 존 셰익스피어(John Shakespeare)와 어머니 마리 아덴(Mary Arden) 사이에서 8남매 중 셋째, 장남으로 태어났다. 당시 셰익스피어의 가정은 비교적 유복해 풍요로운 소년 시절을 보냈다.

1575년 문법 학교에서 문법, 논리학, 수사학, 문학 등을 배웠다. 특히 성서와 더불어 오비디우스의 《변신》은 셰익스피어에게 상상력의 원천이 되었다.

1577년 가운이 기울어 학업을 중단했다.

1582년 여덟 살 연상인 앤 해서웨이(Anne Hathaway)와 결혼했다.

1583년 5월 첫아이 수잔나(Susanna)가 태어났다.

1585년 2월 이란성 쌍둥이 아들 햄닛(Ham-net)과 딸 주디스(Judity)가 태어났다. 1582년 이후 7~8년간 고향을 떠나 떠돌아다녔는데, 이 기간 동안 그가 어디서 무엇을 했는지 명확한 기록으로는 남아 있지 않다.

1593년 장시《비너스와 아도니스》를 발표했다.

1594년 장시《루크리스》를 발표했다.《비너스와 아도니스》《루크리스》이 두 편의 장시로 그는 시인으로서의 명성을 확립했다. 런던 연극계를 양분하던 궁내부 장관 극단의 전속 극작가가 되었다.

1595년 《한여름 밤의 꿈》이라는 낭만 희극을 상연하여 호평을 받았다.

1596년 아들 햄닛이 사망했다.

1599년 궁내부 장관 극단이 템스 강 남쪽에 글로브 극장(The Globe)을 신축했다.

1601년 아버지 존 셰익스피어가 사망했다.

1609년 《셰익스피어 소네트》를 출간했다.

1616년 4월 23일 사망했다. 고향의 홀리 트리니티(Holy Trinity) 교회에 안장되었다.

셰익스피어의 작품

윌리엄 셰익스피어는 희곡 37편, 장시 2편, 소네트(14행시) 154편을 남겼다. 그중 그의 희곡 작품들은 상연 연대에 따라 4기로 구분된다.

제1기(1590~1594) : 습작기, 주로 사극과 희극 집필

1590~1591년 《헨리 6세 2부 · 3부》
1591~1592년 《헨리 6세 1부》
1592~1593년 《리처드 3세》《실수의 희극》
1593~1594년 《타이터스 · 앤드로니커스》
《말괄량이 길들이기》

제2기(1595~1600) : 성장기, 낭만 희극의 시기

1594~1595년 《베로나의 두 신사》《사랑의 헛수고》《로미오와 줄리엣》

1595~1596년 《리처드 2세》《한여름밤의 꿈》

1596~1597년 《존 왕》《베니스의 상인》

1597~1598년 《헨리 4세 1부·2부》

1598~1599년 《헛소동》《헨리 5세》

1599~1600년 《율리우스 카이사르》《뜻대로 하세요》《십이야(夜)》

제3기(1601~1608) : 원숙기, 비극의 시기

1600~1601년 《햄릿》《윈저의 즐거운 아낙네들》

1601~1602년 《토로일러스와 크레시다》

1602~1603년 《끝이 좋으면 다 좋아》

1604~1605년 《자에는 자로》《오셀로》

1605~1606년 《리어 왕》《맥베스》

1606~1607년 《안토니와 클레오파트라》

1607~1608년 《코리오레이너스》《아테네의

타이먼》

제4기(1609~1613) : 로맨스극(비희극)의 시기

1608~1609년 《페리클리즈》

1609~1610년 《심벨린》

1610~1611년 《겨울 이야기》

1611~1612년 《폭풍우》

1612~1613년 《헨리 8세》

memo

memo

memo

memo

옮긴이 **한우리**

중앙대학교 영어영문학과를 졸업하고 동 대학원에서 비평이론 전공으로 박사과정 중에 있다. 《리어왕》《햄릿》《맥베스》 등을 옮겼다.

로미오와 줄리엣

초판 1쇄 펴낸 날 2019년 3월 15일

지은이 윌리엄 셰익스피어
옮긴이 한우리
펴낸이 장영재
펴낸곳 (주)미르북컴퍼니
자회사 더클래식
전 화 02)3141-4421
팩 스 02)3141-4428
등 록 2012년 3월 16일(제313-2012-81호)
주 소 서울시 마포구 성미산로 32길 12, 2층 (우 03983)
E-mail sanhonjinju@naver.com
카 페 cafe.naver.com/mirbookcompany

(주)미르북컴퍼니는 독자 여러분의 의견에 항상 귀 기울입니다.